1918 – Revolution in Kiel

Robert Habeck/Andrea Paluch/Frank Trende

1918

Revolution in Kiel

mit einem Beitrag von Marcus Grube

BOYENS

Dieses Buch erscheint anlässlich der Uraufführung des Stücks „Neunzehnachtzehn“ durch das Theater Kiel. Es erscheint zugleich als Band 61 der Sonderveröffentlichungen der Gesellschaft für Kieler Stadtgeschichte, herausgegeben von Jürgen Jensen.

Umschlag: Unter Verwendung einer Luftaufnahme, die den Kieler Hafen am 3. August 1918 zeigt.

Vorsatz vorn: Landnahme: Matrosen marschieren durch die Stadt und verleihen ihren Forderungen Nachdruck.

Vorsatz hinten: Gustav Noske spricht am 29. November 1918 in Kiel zu den Besatzungen der heimgekehrten U-Boote.

BOYENS
BUCHVERLAG

ISBN 978-3-8042-1264-0

Gestaltung: Nina Petersen
Herstellung: Boyens Buchverlag
Druck: Boyens Offset, Heide
Printed in Germany

Inhalt

Vorwort
8

Frank Trende

Zehn Tage im November 1918
Ein Kieler Revolutionstagebuch
11

Robert Habeck und Andrea Paluch

Neunzehnachtzehn
Ein Schauspiel
89

Marcus Grube

Ohne die Fiktion stirbt das Erinnern
EIn Plädoyer für die Dramatisierung eines historischen Stoffes
145

Über die Autoren
151

Bildnachweis
152

München, 3. Dezember 1918 Preis 50 Pfg. 23. Jahrgang Nr. 36

SIMPLICISSIMUS

Bezugspreis vierteljährlich 6 Mark
Alle Rechte vorbehalten

Begründet von Albert Langen und Th. Th. Heine

Bezugspreis vierteljährlich 6 Mark
Copyright 1918 by Simplicissimus-Verlag G.m.b.H. & Co., München

(Zeichnung von Wilhelm Schulz)

November 1918

119 Simplicissimus, 3. Dezember

Abb. 1 Titelblatt mit der Zeichnung „November 1918“ von Wilhelm Schulz in der satirischen Wochenzeitung: Die Kronen der deutschen Monarchen werden von einer Welle davongespült: Ausgangspunkt der deutschen Revolution 1918 war Kiel.

Vorwort

Die deutsche Revolution von 1918 galt lange als ein höchst umstrittenes Ereignis: Für die einen waren die Revolutionäre „Novemberverbrecher". Führende Vertreter der Obersten Heeresleitung setzen die Verschwörungstheorie einer „Dolchstoßlegende" in die Welt: Die aufständischen Matrosen wären dem an den Fronten kämpfenden Heer in den Rücken gefallen. In Wahrheit aber war der Erste Weltkrieg – ein Angriffskrieg Deutschlands – längst verloren. Fortschrittliche Stimmen hingegen wie der Chefredakteur des Berliner Tageblatts, Theodor Wolff, feierten die Novembertage des Jahres 1918 als „die größte aller Revolutionen". Und auch für aufgeklärte Konservative wie Sebastian Haffner war die Revolution „nach vier Jahren Hunger und Ausblutung – eine Ruhmestat. Ein Schandfleck ist der Verrat, der an ihr verübt wurde."

Die Dolchstoßlegende kann heute als das angesehen werden, was ihr Name sagt: als Legende, als eine üble dazu. Was hingegen bleibt, ist die Erkenntnis, dass die Weichenstellung für das Ende der Monarchie und für den Anfang der parlamentarischen Demokratie in Deutschland von Schleswig-Holstein ausging. Die Kieler Novembertage sind ein Schlüsselereignis deutscher Geschichte.

Diesen Meilenstein auf dem Weg zur Demokratie in Deutschland wollen wir in Erinnerung rufen. Dazu gehen wir zwei unterschiedliche, sich ergänzende Wege: In einem Revolutionstagebuch werden die zeitgeschichtlichen Ereignisse jener dramatischen Tage vom Einlaufen der Schiffe des III. Geschwaders in die Kieler Förde bis zum Ende der Monarchie in Deutschland rekonstruiert. Ein Theaterstück vergegenwärtigt Geschichte mit literarischen Mitteln und wird zugleich zur Parabel über Macht und Ideale.

Wir sind dankbar dafür, dass wir für unser Vorhaben Unterstützung erfahren haben: durch das Theater Kiel und seinen Generalintendanten Daniel Karasek, durch die Gesellschaft für Kieler Stadtgeschichte und durch den Boyens Buchverlag. Neben einer Vielzahl von Quellen und Literatur war uns die nach wie vor maßgebliche Untersuchung „Revolution in Kiel“ von Dirk Dähnhardt eine wichtige Arbeitsgrundlage.

Robert Habeck/Frank Trende

Abb. 2 Die Fackel der Freiheit leuchtet in Norddeutschland: Kieler Akteure erinnern sich.

Abb. 3 (Seite 12/13) Läuft in der Nacht zum 1. November 1918 mit weiteren Schiffen des III. Geschwaders in Kiel ein: SMS Großer Kurfürst.

Frank Trende

Zehn Tage im November 1918

Ein Kieler Revolutionstagebuch

Der 9. November 1918 bedeutet das Ende der Monarchie in Deutschland. Kaiser Wilhelm II. dankte ab, Philipp Scheidemann rief in Berlin die Deutsche Republik aus. Die revolutionäre Welle, die das Deutsche Reich erfasste, hatte ihren Ausgangspunkt in Kiel. Was war geschehen?

Freitag, 1. November 1918

In der Nacht zum 1. November passiert das III. Geschwader der kaiserlichen Hochseeflotte die Holtenauer Schleusen des Kaiser-Wilhelm-Kanals. Der Flottenverband mit den Schiffen „König", „Bayern", „Großer Kurfürst", „Kronprinz" und „Markgraf" und mit über 5.000 Mann Besatzung kommt aus Wilhelmshaven und soll in der Kieler Förde vor Anker gehen. In Wilhelmshaven sollte er nicht mehr bleiben, denn auf den Schiffen, die dort auf Schillig-Reede vor Anker lagen, verbreitete sich Ende Oktober ein brisantes Gerücht. Die Flottenführung, allen voran der Chef der Admiralität Reinhard Scheer, plane eigenmächtig, die Seeverbände in einem sinnlosen Abenteuer zu opfern. Und tatsächlich: Während die Reichsregierung unter dem kaiserlichen Reichskanzler Prinz Max von Baden – er ist seit dem 3. Oktober 1918 im Amt, hat eine parlamentarische Regierung gebildet; zu Ministern, sie werden „Staatssekretäre" genannt, beruft er unter anderem den SPD-Spitzenpolitiker Philipp Scheidemann - einen Waffenstillstand mit der Entente verhandelt, sucht die Oberste Seekriegsleitung eine letzte große Schlacht gegen England. Dieser Plan

geht auf Konteradmiral Adolf von Trotha zurück, Chef des Stabes bei der Hochseeflotte. Von Trotha meint: „Aus einem ehrenvollen Kampf der Flotte, auch wenn er ein Todeskampf wird in diesem Kriege, wird – wenn unser Volk nicht überhaupt national versagt – eine neue deutsche Zukunftsflotte hervorwachsen; einer durch schmachvollen Frieden gefesselten Flotte ist die Zukunft gebrochen." Das bringt in vielen Offizieren innerhalb der Seekriegsleitung eine Saite zum Klingen: Sie stimmen zu – um der Ehre willen. Tatsächlich aber ist die Lage aussichtslos, ist der Erste Weltkrieg für das Deutsche Reich nicht mehr zu gewinnen.

Trotz größter Geheimhaltungsvorschriften bekommen die Matrosen Wind von diesem Himmelfahrtskommando. In der

Abb. 4 August 1918: Auf der Kieler Förde liegen die Stahlkolosse der Kaiserlichen Marine …

Nacht vom 29. Auf den 30. Oktober kommt es zu ersten Meutereien, jetzt muss der Plan zur letzten Seekriegsoffensive aufgegeben werden. Die Matrosen folgen den Befehlen nicht mehr. Schon im August 1917 hatte es Meutereien auf Schiffen der Hochseeflotte vor Wilhelmshaven gegeben, die Heizer Max Reichpietsch und Alwin Köbis galten als Aufrührer, sie wurden zum Tode verurteilt, Admiral Reinhard Scheer bestätigte die Richtsprüche und beide wurden erschossen. Jetzt ist die Unruhe auf der „Thüringen“ und der „Helgoland“ am größten, mehrere hundert Matrosen werden festgenommen. Bislang gibt es Meutereien nur auf Schiffen des I. und III. Geschwaders. Die Flottenleitung entschließt sich, die Verbände zu trennen. Der Chef des III. Geschwaders, Vizeadmiral Hugo Kraft, schlägt vor, mit seinen Schiffen nach Kiel zu dampfen: Die Matrosen seien schon zu lange nicht mehr in ihrem Heimathafen gewesen und die „König“ müsse sowieso auf die Werft. Der Flottenchef stimmt zu, und der Verband setzt sich in Bewegung. Zuerst gibt es noch Übungen in der Helgoländer Bucht, dabei klappt alles tadellos. Nun nimmt das III. Geschwader Kurs auf Kiel und fährt am 31. Oktober in die Elbmündung. Von Brunsbüttelkoog geht es durch den Kaiser-Wilhelm-Kanal. Auf diesem Abschnitt der Reise lässt Kraft 47 Matrosen von der „Markgraf“ als vermeintliche Wortführer der Wilhelmshavener Meuterei festnehmen. Von Holtenau aus werden sie auf zwei Arrestanstalten aufgeteilt, ein Teil der Inhaftierten kommt ins Fort Herwarth bei Schilksee, ein weiterer Teil in das Arrestgebäude in der Kieler Feldstraße.
Kiels Geburtsstunde als Großstadt hatte 1865 geschlagen, als die Preußen ihre Marinestation von Danzig hierher verlegten. Mit der Gründung des Deutschen Reiches 1871 wurde die Stadt Reichskriegshafen und wandelte sich auch optisch zur Militärmetropole: mit Marinegebäuden, einer Marineakademie, Forts auf beiden Seiten der Förde, Schießständen und Exerzierplätzen, einem Arsenal und einem Torpedohafen. Als 1881 der französische Schriftsteller Jules Verne und sein Bruder

Paul mit eigener Dampfyacht in die Kieler Förde kam, fiel ihnen das Militärische besonders ins Auge. Paul Verne schrieb in seinem Reisebericht: „Wir brauchen wohl nicht besonders zu bemerken, dass der Kieler Busen sorgsam und zweckmäßig befestigt ist. Die sehr enge Einfahrt zu demselben wird von furchtbaren Batterien beherrscht, welche jene übers Kreuz bestreichen. Die berühmte Kanone – von Preußen 1867 zur Internationalen Pariser Ausstellung geschickt – welche ein Geschoss von zehn Zentnern schleudert, ist auf einer Bastion an der engsten Stelle des Hafeneingangs aufgestellt." Paul Verne weiter: „Ein feindliches Schiff, das diesen Weg zu forcieren versuchte, würde zweifelsohne binnen weniger Minuten zer-

Abb. 5 … und machen Kiel zu einer Stadt unter Dampf.

schmettert sein. Die Stadt Kiel selbst ist offen, doch geht man mit dem Gedanken um, sie mit detachierten Forts zu umgürten. Soviel ich weiß, sind die vorgängigen Terrainuntersuchungen schon beendet, und man wird, wie es bei der deutschen Regierung Sitte zu sein pflegt, dem Worte rasch genug die Tat folgen lassen."

Zusehends füllte sich die Kieler Förde mit den Stahlkolossen der aufwachsenden Marine. Am Ostufer wuchs ein Werftenkomplex, wie es ihn im Deutschen Reich kein zweites Mal gab. Schiffbau und Marine beflügeln die Industrialisierung und fördern das Wachstum Kiels. Zählte die Stadt um 1850 etwa 16.000 Einwohnerinnen und Einwohner, so waren es um 1905 zehnmal so viele. Von den rund 100.000 Erwerbstätigen im Jahr 1918 waren rund 70.000 Arbeiter. Die Gewerkschaften waren ein Machtfaktor am Ort, und die Arbeiter, die am meisten unter der schlechten Versorgungslage im Krieg litten, hatten genug vom Kampf. Vereinzelt hatte es schon Unruhen gegeben, etwa im Juni 1916, als die Kartoffelvorräte in der Stadt aufgebraucht waren, etwa im März 1917, als mehr als 17.000 Menschen – Belegschaften der Werften und der Torpedowerkstätten – für eine bessere Versorgung demonstrierten. Im Januar 1918 wurde auf den Torpedo-Werkstätten in Friedrichsort protestiert und gestreikt, und die Arbeiter forderten nicht nur abermals eine Besserung der Versorgungslage, sondern auch eine Wahlrechtsreform und das Ende des Krieges. Am 29. Januar gingen hier rund 30.000 Arbeiter auf die Straße, um den Forderungen Ausdruck und Nachdruck zu verleihen.

Nun kommen mit den Schiffen des III. Geschwaders noch Tausende weitere Kriegsmüde an die Förde. An das explosive Kieler Gemisch wird durch den Arrest für die 47 vermeintlichen Rädelsführer der Wilhelmshavener Meuterei der Funke gelegt. Die übrigen Mannschaften des III. Geschwaders sollen durch großzügig gewährten Landgang auf andere Gedanken kommen. Diese Hoffnung des Geschwaderchefs konnte allerdings nur enttäuscht werden. Vielmehr nutzen rund 250 Matrosen von der „Bayern“, der „König“ und der „Markgraf“ die Gelegenheit, um noch am Abend im Gewerkschaftshaus in der Fährstraße (der heutigen Legienstraße) eine Versammlung abzuhalten. Hier, in ziviler Umgebung, wollen sie beraten, was zu tun wäre, wenn es einen erneuten Befehl zum Auslaufen gäbe. Und sie fordern, „dass die 26 Inhaftierten“ freigelassen werden. Tatsächlich sind es 47 Inhaftierte, aber dies wissen die Matrosen des III. Geschwaders offenbar nicht. Zudem beschließen die Soldaten, am nächsten Tag eine weitere Versammlung im Gewerkschaftshaus abzuhalten.

Sonnabend, 2. November 1918

In der Reichshauptstadt berichtet am Nachmittag der Staatssekretär des Reichsmarineamts, Ritter Ernst von Mann, erstmals in einer Staatssekretärsbesprechung über die Ereignisse an Bord der Schiffe des I. und III. Geschwaders.

In Kiel ist der Beschluss der Matrosen vom 1. November, eine weitere Versammlung abzuhalten, nicht geheim geblieben. Gegen 19.30 Uhr versammeln sich doppelt so viele Menschen vor dem Gewerkschaftshaus wie am Vortag. Da aber die Polizei von der geplanten Versammlung erfahren und die Marineverantwortlichen darüber informiert hat, bleibt das Gewerkschaftshaus für alle Marineangehörigen gesperrt. Nächstes Ziel der Matrosen ist die Gaststätte „Harmonie“ in der Faulstraße, doch auch dort lässt der Wirt sie nicht ins Haus. Die Matrosen machen sich nun auf den Weg zum großen Exerzierplatz im Viehburger Gehölz. Dort finden sich bis etwa 19.30 Uhr 500 bis 600 Menschen ein, Matrosen vom III. Geschwader und Angehörige verschiedener Landmarineeinheiten. Dabei sind auch Vertrauensmänner der Unabhängigen Sozialdemokratischen Partei Deutschlands (USPD), die sich 1917 von der kriegsbejahenden Sozialdemokratischen Partei Deutschlands abgespalten hat. Verschiedene Redner berichten über Lage und Stimmung. Es zeichnet sich Unterstützung ab für die For-

derung, die inhaftierten Matrosen freizulassen. Dann ergreift noch Karl Artelt das Wort, vormals Arbeiter bei der Germaniawerft und nun Soldat in der Torpedo-Division. Seine Forderungen gehen weiter: Er fordert die Niederringung des Militarismus und die Entmachtung der herrschenden Klassen, notfalls mit Gewalt. Schließlich ruft er zu einer großen Volksversammlung mit anschließendem Demonstrationszug auf.
Die Versammelten gehen für heute auseinander, ohne von der Polizei behelligt zu werden. Marineinfanterie, die der Gouverneur als Reserve einsetzen kann, überhört die Befehle, ihre Kameraden vom III. Geschwader auf dem Rückweg vom Exerzierplatz festzunehmen. Sie können in der Dunkelheit unbehelligt in die Kasernen und auf die Schiffe zurückkehren und den Demonstrationsaufruf dort weiter verbreiten.
Artelt wird nach seiner Rede von Vertretern der USPD angesprochen, unter ihnen Lothar Popp, der mit Artelt noch in der Nacht im Parteibüro der USPD in der Preußerstraße beratschlagt, wie die Volksversammlung am Sonntag zum Erfolg werden kann. Dieser Aufruf braucht Öffentlichkeit. Sie entwerfen ein Flugblatt und hektographieren es in der Kürze der Zeit: „Kameraden, schießt nicht auf Eure Brüder! Arbeiter, demonstriert in Massen, lasst die Soldaten nicht im Stich!"
Das Kieler Marine-Gouvernement ist durch die Polizei und durch Spitzel unter den Soldaten des III. Geschwaders über die Entwicklung im Bild. Mit der Entscheidung allerdings, das Gewerkschaftshaus zu sperren, hat es die Widerstände nicht eingehegt und kanalisiert, sondern weiter in die Öffentlichkeit getragen.
In der Wohnung von Konteradmiral Hans Küsel, Chef des Stabes der Ostseestation, lassen sich Küsel und Stadtkommandant Wilhelm Heine, Kapitän zur See, von der Polizei über die Versammlung im Viehburger Gehölz berichten. Gouverneur Wilhelm Souchon, seines Zeichens Vizeadmiral und seit drei Tagen im Amt, ist nicht dabei. Die Offiziere ziehen ihn nicht hinzu, sie ordnen keine Urlaubssperre für Sonntag an. Sie un-

terschätzen, was auf die Stadt und die Marine zukommt. Sie vertagen sich auf Sonntag, 9.30 Uhr.

Sonntag, 3. November 1918

In dieser neuerlichen Sitzung gibt Vizeadmiral Hugo Kraft einen Überblick über die Lage im III. Geschwader. Gemeinsam mit den anwesenden Kommandanten und Inspekteuren wird beschlossen, am Nachmittag um 16.00 Uhr Stadtalarm auszulösen. Damit sollen die Soldaten von den Straßen in die Kasernen und auf die Schiffe gerufen und von der geplanten Demonstration ferngehalten werden. Es entspinnt sich eine heftige Kontroverse über die Frage des Einsatzes von Schusswaffen, falls der Alarm-Plan misslingen sollte. Schließlich wird befohlen, weder Waffen noch Munition auszugeben.
Die Stimmung auf den Schiffen des III. Geschwaders entspannt sich indessen nicht. Noch am Morgen lässt Kraft weitere 57 Matrosen und Heizer von der „Markgraf" festsetzen – sie sollen in das Fort Herwarth gebracht werden. Erst nach gutem Zureden finden sich 15 Matrosen, die bereit sind, die Verhafteten zu überstellen. Zuvor weigern sich Soldaten, diesen Befehl auszuführen. Gegen Mittag treffen die Unruhestifter der „Markgraf" in der Arrestanstalt ein.
Im Gewerkschaftshaus spricht um 12.00 Uhr der SPD-Reichstagsabgeordnete Heinrich Stubbe in einer gut besuchten Veranstaltung über die politische Lage im Land. Hier werden nun auch die Handzettel der USPD mit dem Demonstrationsaufruf verteilt. Teilnehmer dieser Versammlung meinen zu spüren, so beschreibt es ein Zeitzeuge später, dass irgendetwas „in der Luft lag".
Nach der Sitzung am Vormittag berichtet Gouverneur Souchon in einem Telegramm an das Reichsmarineamt in Berlin von den „äußerst gefährlichen Zuständen" in Kiel. Dabei ist der Schluss der Depesche nicht nur als taktischer Schachzug, sondern durchaus auch als Zeichen einer gewissen Hilflosigkeit zu lesen. Der Gouverneur kabelt: „Bitte, wenn irgend

möglich, hervorragenden sozialdemokratischen Abgeordneten hierherzuschicken, um im Sinne der Vermeidung von Revolution und Revolte zu sprechen." Vizeadmiral Souchon kann sich also nicht nur disziplinarische, sondern auch politische Antworten in diesem Konflikt vorstellen.
In Berlin erfährt der Reichskanzler Prinz Max von Baden von den Kieler Meutereien. Er hat seine Dienstgeschäfte einige Tage nicht ausüben können, weil er erkrankt ist. Ihm sind, so notiert er später, die Nachrichten aus Kiel „nicht durchsichtig". Der schleswig-holsteinische SPD-Parteisekretär Heinrich Kürbis reist auf eigene Faust nach Berlin und unterrichtet Philipp Scheidemann über die Entwicklung in der Fördestadt. Kürbis fürchtet einen Streik der Werftarbeiter.
Trotz der Flugblätter und der Mund-zu-Mund-Propaganda hat wohl der Großteil der Kieler Matrosen bis Mittag noch nichts von der geplanten Demonstration erfahren. Nun, zwischen 15.30 und 16.00 Uhr, wird der morgens beschlossene Stadtalarm ausgelöst: Mit Trommeln und Pfeifen werden die Soldaten aus dem Urlaub zu ihren Einheiten zurückbeordert. Aber die Resonanz ist schlecht. Bis in die Außenbezirke der Stadt reicht der Ruf nicht, andere überhören ihn einfach. Gegen 19.30 Uhr wird etwa nur die Hälfte der Matrosen zu ihren Einheiten zurückgekehrt sein. Aber die Zivilisten werden aufmerksam. Viele schließen sich den Marinesoldaten an, die sich trotz des Alarmrufs schon auf den Weg in Richtung Exerzierplatz im Viehburger Gehölz gemacht haben. Der Alarm-Plan ist fehlgeschlagen.
Gegen 17.30 Uhr wird die Versammlung durch Karl Artelt auf dem großen Exerzierplatz eröffnet, etwa 5.000 bis 6.000 Menschen, zumeist Matrosen, sind gekommen. Die Redner rufen die Ereignisse auf den Schiffen des III. Geschwaders in Erinnerung. Sie fordern die Beendigung des Krieges, Frieden, Freiheit und Brot. Der Kieler Gewerkschaftsvorsitzende Gustav Garbe versucht, die Massen zu beruhigen: Er fordert, den Demonstrationszug um einige Tage zu verschieben, um noch

mehr Arbeitern die Teilnahme zu ermöglichen. Er findet keine Zustimmung. Es werden auch gewerkschaftskritische Töne laut. Die Gewerkschaften hätten die Arbeiter während des Krieges „an der Nase herumgeführt". Karl Artelt und der USPD-Politiker Lothar Popp schreiben später über den weiteren Verlauf der Kundgebung: „Dann wurde noch von Seiten verschiedener Werftarbeiter erklärt, dass sie vollkommen auf dem Boden unserer Bewegung stehen und sie voll und ganz unterstützen. Es wurde allgemein der Wunsch geäußert, nach der Feldstraße zu ziehen, um die dort inhaftierten Kameraden zu befreien. Die Versammlung wurde mit einem stürmisch aufgenommenen Hoch auf die internationale Sozialdemokratie und unsere sämtlichen in Haft befindlichen Kameraden vom III. Geschwader und der Marinebewegung von 1917 geschlossen."
Der Demonstrationszug setzt sich in Richtung Innenstadt in Bewegung, er überrollt förmlich eine am Viehburger Gehölz an der Waldwiese untergebrachte Kompanie, demonstrierende Matrosen erbeuten bei der Gelegenheit einige Gewehre. Über das Sophienblatt geht der Zug in Richtung Bahnhof. Hier gibt es ein Handgemenge, dabei wird – für die meisten Teilnehmer im Demonstrationszug unbemerkt – eine Frau unter eine Straßenbahn gedrückt und tödlich verletzt. Lothar Popp und Karl Artelt erinnern sich: „Gewaltig klang und brauste die Arbeitermarsailleise von Zehntausenden gesungen einher. Dazwischen wurden Hochrufe auf die Internationale und die Republik ausgebracht. Aber auch Rufe wie: Weg mit dem Kaiser! lösten begeisterte Zustimmung aus." Und: „Erschreckt und erstaunt stürzten die überraschten Bürger an die Fenster und vor die Türen, aber es gaben auch viele durch Tücherschwenken und Zurufe ihrer freudigen Zustimmung Ausdruck. Einige Offiziere wurden unterwegs entwaffnet ..." Der 1900 in Kiel geborene, spätere Schauspieler, Sänger und Regisseur Ernst Busch marschiert im Demonstrationszug mit. Er erinnert sich: „Wir standen doch jetzt an der St. Jürgens-Kirche und haben

da den Zug heraufkommen sehen, da waren auch Freunde, die wir kannten. Und wir gingen nun mit durch die Holstenstraße über den Markt und an dem Schloss vorbei auf die Universität zu. Und immer kamen zu uns noch mehr Leute, die mitzogen. Aber, das Gros waren natürlich Matrosen. Die anderen wussten eigentlich gar nicht, was los ist. Wer nun begriff, was da los war, der zog mit und wir auch."

Durch die Holstenstraße also, über den Markt, durch die Dänische Straße zieht der Zug in die Brunswiker Straße. Der „Waldwiesen"-Kompaniechef informiert den Gouverneur, dieser kann letzte fahnentreue Truppen kommandieren und befiehlt ihnen, den Demonstranten „entgegenzutreten" und, wie er später notiert, „rücksichtslos von der Waffe Gebrauch zu machen." Ein Zug, etwa 30 bis 40 Mann, wird unter dem Kommando von Reserve-Leutnant Oskar Steinhäuser an die Ecke Karlstraße/ Brunswiker Straße beordert: Hier soll er den Demonstrationszug kurz vor der Arrestanstalt in der Feldstraße aufhalten. Die Menschenmenge wälzt sich immer näher heran. Ernst Busch: „Also, mehr oder weniger Unteroffiziere, Feldwebel, die hatten quer über die Straße so eine Barrikade gemacht. Davor stand ein Leutnant mit erhobenem Degen, der immer sagte: ‚Zurückbleiben, ich lasse schießen. Zurückbleiben, ich lasse schießen.' Aber hinten wusste es ja keiner. Und drängte natürlich die Masse immer näher ran. Man konnte nicht so schnell da weg … Es gab eine Salve … Die schießen, die haben doch Platzpatronen, wurde uns erzahlt."

Es gibt kein Zurück mehr. Die Menge drängt nach und der Reserveleutnant und seine Leute stehen mit dem Rücken zur Wand. Popp und Artelt meinen: „Unwillkürlich schreckten wir zurück, weil wir erst gar nicht begreifen konnten, dass in der heutigen Zeit noch deutsche Marinesoldaten auf ihresgleichen schießen konnten. Wir hatten uns aber davon überzeugt, dass die Salve blind war und drängten weiter vorwärts. Eine Frau, es war die Genossin Haberger, bat den Leutnant Steinhäuser, doch um Himmelswillen nicht auf die Menge schießen zu las-

Abb. 6 1994 von Hilger Schmitz geschaffenes Relief in der heutigen Feldstraße zur Erinnerung an die „erste Salve" vom 3. November 1918.

sen. Doch dieser Herr war unnahbar. Wie die Menge voranging, ließ er schießen und Männer und Frauen lagen in ihrem Blute. Das erste Proletarierblut war geflossen."
Damit ist, mit einem Wort von Gustav Noske, „die erste Salve" im Kampf um die alte Ordnung abgegeben. Die Konfrontation kostet sieben Menschenleben und 29 Verletzte. Der Stadtkommandant Heine schickt in seiner Not die Feuerwehr: „Da kam," so sagt es Ernst Busch später, „ein Feuerwehrwagen und sprengte die Masse auseinander. Alles flog natürlich zur Seite. Wenn ein Ding da so mit Volldampf runterkommt, ist es nicht sehr erfreulich." Die Feuerwehr treibt die Demonstration auseinander. Aber die revolutionäre Flamme kann sie nicht löschen.
Gegen 23.00 Uhr tagen unter Vorsitz des Gouverneurs Souchon die für die Sicherheit zuständigen Herren. Der Stadtkommandant und der Militärpolizeimeister melden, Herr der Lage zu sein. Dass ihnen heute nur noch die Feuerwehr geblieben ist, zeigt, dass das Gegenteil richtig ist.
Souchon hat das erkannt: Er bat um Truppen zur Unterstützung und kabelt noch in der Nacht an das Reichsmarineamt und an die Seekriegsleitung: Augenblicklich sei Ruhe hergestellt, er hoffe – einerseits – Herr der Lage zu bleiben. Andererseits: Die Vorgänge „zeigen Notwendigkeit der Entlastung Kiels". Welche Schlüsse soll man in Berlin daraus ziehen?

Montag, 4. November 1918

Am frühen Morgen flackern die Unruhen nach einer ruhigen Nacht wieder auf. Gegen 8.00 Uhr begrüßen Matrosen vom Schiff „Großer Kurfürst" ihre Kameraden von der „Markgraf" mit: „Willkommen, Kameraden Bolschewiki!" Das Geschwader hat keine Urlaubssperre verhängt. Dort, wo am Vortag die Demonstranten und die Truppe um Leutnant Steinhäuser zusammengestoßen waren, versammeln sich Matrosen und gedenken der Opfer. 75 bewaffnete Matrosen verlassen gegen

7.30 Uhr ihre Unterkunft in der Wilhelminenstraße und marschieren zur Kaserne in der Prüne. Dort dringen sie in die Waffenkammer ein und erbeuten Gewehre und Munition. Von hier schließen sich weitere Soldaten an, und jetzt ziehen an die 150 Soldaten von Kaserne zu Kaserne und versuchen, einmal mehr, einmal weniger erfolgreich weitere Waffenkammern auszuräumen. Es ziehen also nicht mehr nur Matrosen des III. Geschwaders durch die Stadt, die Unruhe hat auch andere Teile der Landmarine erfasst, die Offiziere können nichts mehr ausrichten.

Auch das Gouvernement muss tatenlos zusehen, zur Hilfe gerufene Kompanien haben kein gehorsames Personal mehr. Der Stadtkommandant aber mag noch nicht zugeben, dass die Offiziellen die Lage nicht mehr im Griff hatten.

Gegen 10.00 Uhr legen Arbeiter der Germaniawerft und der Torpedowerkstatt ihre Arbeit nieder. Sie bleiben am Arbeitsplatz, wollen aber das Ergebnis einer Besprechung im Gewerkschaftshaus abwarten, die für 15.00 Uhr angesetzt ist.

Zur Mittagszeit zeichnet sich ab, dass eine weitere Division, stationiert in der Kaserne in der Wik, beschlossen hat, am Nachmittag an einer Demonstration teilzunehmen. Ihr Kommandeur Kapitän zur See Rudolf Bartels setzt für 13.00 Uhr einen Divisionsappell an und hält eine Ansprache. Seine Worte werden später so zusammengefasst: „Wir Soldaten haben keine Ahnung von Politik, also haben wir uns auch nicht mit Politik zu befassen. Soldat soll gehorchen, Soldat muss gehorchen und Soldat gehorcht.“ Diese Worte finden kein Gehör. Die Matrosen gehen nicht, wie befohlen, auf ihre Stuben. Vielmehr formiert sich ein Zug von rund 800 Mann, der durch die Kasernenanlage marschiert. Der Kommandant versucht, sich Gehör zu verschaffen, aber nun muss er zuhören: Einige Matrosen, unter ihnen Karl Artelt, bitten, dem Gouverneur folgende Forderungen zu übermitteln:

1. „Abdankung des Hohenzollernhauses.
2. Die Aufhebung des Belagerungszustandes.
3. Freilassung unserer gemaßregelten Kameraden vom 3. Geschwader.
4. Freilassung aller im Zuchthaus zu Zelle sitzenden Kameraden von der Matrosenerhebung im Jahre 1917.
5. Freilassung sämtlicher politischer Gefangenen.
6. Einführung des allgemeinen, gleichen und geheimen Wahlrechts für beide Geschlechter."

In Berlin tagt ab 9.30 Uhr das Kriegskabinett ohne Prinz Max von Baden. Der Staatssekretär des Reichsmarineamts, Ritter Ernst von Mann, informiert über die Meldungen und Telegramme Souchons aus Kiel. Nun kann das Kriegskabinett erkennen, dass es sich bei den Kieler Ereignissen nicht mehr um eine bescheidene Meuterei handelt. Der spätere Reichskanzler Philipp Scheidemann – Schleswig-Holstein durch ein berufliches Intermezzo verbunden (er arbeitete kurzzeitig in Marne als Schriftsetzer und lernte seine Frau dort kennen) – notiert später in seinen Memoiren: Ritter von Mann „übergab mir Depeschen aus Kiel ... Was ist das? Ein Zweifel war nicht möglich – das war die offene Rebellion, das konnte mehr sein: der Funke, der ins Pulverfass fliegt." In der Sitzung des Kriegskabinetts fragt Matthias Erzberger, im Kabinett Max von Badens Staatssekretär ohne Geschäftsbereich, ob die militärischen Mittel ausreichen, „um den Aufstand zu unterdrücken". Kriegsminister Scheüch kann diese Frage nicht beantworten, verspricht aber, sich beim Stellvertretenden Generalkommando in Altona zu erkundigen. Dort befehligt General Falck, der in Kontakt mit dem Kieler Gouverneur Souchon steht. Er ordnet an:

1. „Unruhen in Kiel sind ausgebrochen.
2. Zur Herstellung der Ordnung entsenden E./163 in Neumünster, E.Res. 84 in Schleswig und E./162 in Lübeck so viel Kompanien, wie sie aufstellen können.
3. […]
4. Die Truppen werden mit Sonderzügen, die auf den Bahnhöfen Lübeck und Neumünster vom Generalkommando bereitgestellt werden, noch heute Nacht nach Kiel befördert. Beschleunigung ist geboten."

Am 4. November erkennt das Kriegskabinett die Brisanz offenbar noch nicht. Es befasst sich mit dem Einmarsch deutscher Truppen in Tirol. Aber eine Bitte aus Kiel wird erfüllt: Das Kabinett beschließt, dass Conrad Haussmann, Mitglied der Regierung des Prinzen Max von Baden, und der Marineexperte der sozialdemokratischen Reichstagsfraktion Gustav Noske nach Kiel entsandt werden. Scheidemann hatte Noske vorgeschlagen, weil Noske gute Kontakte zur Marine hat und vielen Matrosen ein Begriff ist. Noske willigt ein und erinnert sich später, dass Scheidemann ihm vorhergesagt habe: „Länger als einen Tag würde ich kaum wegbleiben müssen."
Der Befehl von General Falck wird wieder zurückgenommen, weil Souchon glaubt, die Situation wieder im Griff zu haben. Als Souchon dann aber doch wieder Verstärkung anfordert, kann er sich mit dem Heer nicht über Fragen der Kommandogewalt einigen. So kommen Truppen einzeln und etappenweise in die Stadt, bei einigen Einheiten setzen sich heimlich die Offiziere ab, andere treffen auf meuternde Matrosen und schließen sich ihnen an.
In Kiel trifft gegen 13.30 Uhr ein Telegramm ein, das die Ankunft von Haussmann und Noske für 19.20 Uhr avisiert. Gouverneur Souchon lässt gegen 14.00 Uhr folgenden Funkspruch an alle Einheiten und Verbände im Kieler Festungsbereich

durchgeben: „Um Blutvergießen zu verhindern, ist der Gouverneur geneigt, den Wünschen der Truppe entgegenzukommen. Die Truppen sind sofort zu befragen, welches der Grund für ihr Verhalten ist. Die Wünsche sind mir sofort zu melden.“ Souchon will auch die Forderungen aus der Wik unmittelbar vorgetragen bekommen. Eine Delegation mit Karl Artelt an der Spitze tritt dem Gouverneur gegenüber und nennt sich, so Artelt später, „Soldatenrat“.
Kurz vor 14.00 Uhr schildert Souchon in einem Telegramm an das Reichsmarineamt in Berlin die Lage aus seiner Sicht: „Um 1 Uhr setzte plötzlich die Revolte bei der T(orpedo)-D(ivision) ein, welche U(-Boot)-D(ivision) und Teile der W(erft)-D(ivision) mitriß und den Eindruck planmäßiger, langer Vorbereitung machte. Die Matrosen bemächtigten sich der Waffen einschließlich von 4 Maschinengewehren und gingen gegen die verstärkte Arresthauswache vor. Die Wache weigerte sich größtenteils, zu schießen. Herbeigeholte Verstärkungen, einschließlich einer Kompagnie Rendsburg, waren 15 Minuten vom Schauplatz entfernt. Das Niederkämpfen der allein in Wik mehr als 2.000 Mann starken, gut bewaffneten Menge wäre doch nur mit starkem Blutvergießen möglich gewesen. Außerdem trafen von vielen Marineteilen, darunter von dem gestern ganz zuverlässigen Marinebataillon Meldungen ein, dass diese Truppen nicht mehr zuverlässig seien.“
Gegen 15.00 Uhr beginnen die Verhandlungen des Gouverneurs mit den Abordnungen von Marine-Mannschaften und Arbeiterschaft.
Gegen 17.00 Uhr werden die Forderungen der Matrosen allen Marineteilen an der Förde bekannt gemacht.

„Die Wünsche der Deputation des III. Geschwaders und der Marineteile werden vom Gouverneur Kiel angehört. Heute Abend treffen Staatssekretär Haussmann und Abgeordneter Noske zur Entgegennahme der Wünsche des Geschwaders und der Truppenteile ein. Angehörige der Deputation sind: Heizer Podolski von S.M.S. „Großer Kurfürst“, Minenheizer Laue, von S.M.S. „Deutschland“, Bootsmannsmaat Broy von I. M-D, Obermatrose Ehle, Heizer Schaaf, Oberheizer Artelt, Matrose Fischer, sämtlich von I. T-D. Angehöriger beider sozialdemokratischer Parteien, Lothar Popp, J. Classen, Wilhelm Poller, Bernhard Rausch. Die Wünsch der Deputation sind insbesondere:

1. Freilassung der Gemaßregelten des 3. Geschwaders.
2. Gerichtliche Untersuchung der gestrigen Vorfälle und Bestrafung der Schuldigen.
3. Unterlassung des angeblich geplanten Vorstoßes der Flotte.

   Vorstehendes den Mannschaften bekanntgeben.“

Souchon hat mit den Verhandlungen Zeit gewonnen – um den Preis, einen Teil der verhafteten Heizer und Matrosen des III. Geschwaders wieder auf freien Fuß zu setzen.
Mit dieser guten Nachricht kehrt die Deputation der I. Torpedo-Division wieder in die Wik zurück. Karl Artelt berichtet in einer Ansprache vom ersten Verhandlungserfolg. Ein Offizier referiert über die Ansprache: „Sie (die Matrosen, FT) wollen zeigen, dass das Proletariat Ruhe und Ordnung halten könne. Sie wollten nicht schießen, weil sie Blutvergießen nicht verantworten könnten. Die Waffen sollten nur gebraucht werden, wenn sie angegriffen würden. Die Versammlung wurde, wie die früheren, durch Hurras oft unterbrochen.“ Nun bewegt sich ein Triumphzug zur Arrestanstalt in der Feldstraße, um 16 Freigelassene in Empfang zu nehmen.
Noch während der Gouverneur mit den Abordnungen verhandelt, verlässt das III. Geschwader den Hafen. Morgens hat Souchon den Geschwaderschef Kraft gebeten, auszulaufen, um die Keimzelle der Unruhen aus der Stadt zu bekommen.

Die Mannschaften rühren allerdings keine Hand mehr, Fähnriche und Deckoffiziere müssen die Leinen losmachen. In Kiel zurück bleibt nur die „König“ im Dock und mehr als 1.000 Matrosen. Vizeadmiral Kraft will Kurs auf Brunsbüttelkoog durch den Kaiser-Wilhelm-Kanal nehmen, aber in Brunsbüttelkoog liegt das I. Geschwader. Für eine sichere Durchfahrt kann keiner garantieren, und so lässt Kraft Kurs auf Travemünde nehmen. Dort in der Lübecker Bucht bleiben die Schiffe bis zum 9. November – dann kehren sie mit gesetzten roten Fahnen wieder nach Kiel zurück.
Gustav Noske trifft gegen 19.30 Uhr aus Berlin auf dem Kieler Hauptbahnhof ein, wo er und seine Begleitung von Hunderten Matrosen stürmisch begrüßt werden. Die Bahnhofshalle, so erinnert er sich später, dröhnt von „brausendem Hurra“ und hundert Hände strecken sich ihm entgegen. Noske notiert: „Auf dem Platz vor dem Bahnhof wimmelte es wie in der Halle von bewaffneten Matrosen. Im nächsten Moment saß ich in einem Automobile, fünf oder sechs Mann kletterten dazu. Aufrechtstehend schwang ein Mann eine rote Fahne und schrie immer wieder mit schon Heiserer Stimme: ‚Es lebe die Freiheit!‘ Neben mir hatte ein Soldat namens Artelt Platz genommen, der mir kurz berichtete, im Laufe des Tages hätten sich Tausende von Marinemannschaften bewaffnet, die Offiziere seien absolut machtlos. Ein Zurück gebe es nicht mehr. Nach dem Wilhelmsplatz sei für 8 Uhr abends eine Versammlung einberufen worden, in der ich reden soll. Danach würde ich in einer Sitzung im Volkshause erwartet und später fände mit dem Gouverneur und seinem Stab eine Besprechung im Stationsgebäude statt.“ Und der Reichstagsabgeordnete beobachtet weiter: „Die Kieler Hauptstraßen waren noch belebter, als es sonst zu dieser Abendstunde der Fall war. Den Eindruck, dass eine große Revolution begonnen habe, bekam man jedoch nicht. Männer und Frauen lachten, wenn mein fahnenschwingender Begleiter seinen Freiheitsruf ertönen ließ.“

Abb. 7 Der sozialdemokratische Reichstagsabgeordnete Gustav Noske.

Noskes Fahrt geht nach dem Wilhelmplatz. Dort herrscht, so schreibt er später, „ein riesiges Gewühl von Soldaten, Arbeitern, Mädchen." Hier mahnt der Gast aus Berlin in einer kleinen Ansprache, die Matrosen und Arbeiter möchten die Ordnung bewahren. Doch er muss schnell erleben, wie explosiv die Lage in der Stadt in Wahrheit ist: „Als das Auto langsam durch die Menge fuhr, fiel ein Schuss. So ernst die Situation auch war, wirkte es doch furchtbar komisch, mit welcher Schnelligkeit die Menschenmasse auseinanderstob. Die allgemeine Flucht wurde zum Davonrasen, als an den verschiedensten Stellen geschossen wurde. Selbst Soldaten rannten

Abb. 8–11 Die Revolution findet unter freiem Himmel statt: Versammlungen, Kundgebungen und Ansprachen während der Kieler Novembertage auf dem Wilhelmplatz und in Friedrichsort.

mit krummen Rücken, das Gewehr in der Hand, dicht an die Häuser gedrückt, davon. Ein Gegner, der bekämpft werden konnte, war nicht vorhanden. Man schoss wie toll in die Nacht hinein. Offenbar nur nach oben, denn ich habe nicht gehört, dass es Tote oder Verwundete gegeben hat." Und: „Nach Sekunden war der Platz leer. Schüsse knatterten weiter. Die Situation war recht ungemütlich."
Die Revolution greift inzwischen um sich: In Eckernförde etwa, eine Stadt mit rund 7.000 Einwohnern, ziehen Marinesoldaten, zum Teil unter Waffen, durch die Stadt und befreien einen festgesetzten Soldaten aus dem Amtsgericht. Auf ihren Schiffen hissen sie die rote Flagge. Arbeiter der 1913 gegründeten kaiserlichen „Torpedoversuchsanstalt" erklären, dass sie den Be-

Abb. 9

trieb in ihren Händen haben. Den Offizieren und der Polizei werden die Waffen abgenommen. Auf Gegenwehr stoßen die Matrosen in Eckernförde nicht.
Im Kieler Gewerkschaftshaus finden sich rund 40 Matrosen und sechs Arbeitervertreter zusammen, um über die Bildung eines Soldatenrates zu diskutieren. Zwischen 20.00 Uhr und 20.30 Uhr trifft Noske ein, begleitet von Karl Artelt. Noske erinnert sich: „In einem Sitzungszimmer saßen etwa ein Dutzend Arbeiter und ebenso viele Soldaten. Es wurde viel durcheinander geredet. Niemand wusste ein klares Ziel. Ein Soldatenrat soll gebildet werden." Waren die Anwesenden Delegierte oder zufällig oder aus eigenem Recht dabei?
Um 21.00 Uhr beginnt im Stationsgebäude eine Sitzung, an der der militärische Stab, einige Inspekteure, der Regierungsvertreter Conrad Haussmann, der Reichstagsabgeordnete Noske, zwei weitere Reichstagsabgeordnete teilnehmen, ferner Vertreter der Matrosen und Parteien, die bereits am Nachmittag verhandelt haben. Als Zeichen der Solidarität der Ar-

Abb. 10

beiterschaft ist nun auch der Gewerkschaftssekretär Gustav Garbe dabei. Die Besprechung dauert bis nach Mitternacht. Matrosen und Noske fordern gemeinsam, dass Infanteristen, die aus Neumünster anmarschiert waren, wieder abgezogen werden. Mit Erfolg: Noch in der Nacht werden alle in Kiel befindlichen Heerestruppen abgezogen. Staatssekretär Haussmann widerspricht dem Gerücht, die Marine solle geopfert werden, dies sei ein Missverständnis. Die Matrosen machen deutlich, dass ihre Bewegung nicht die Reaktion auf ein Missverständnis ist, sondern einen politischen Charakter trägt. Lothar Popp fasst die Forderungen für die Matrosen zusammen:

1. „Beseitigung der Krone.
2. Abschaffung sämtlicher Monarchien in Deutschland,
3. freie Volksrepublik,
4. ein gerechtes Wahlrecht. Als solche betrachte er das Proportionswahlrecht, das die Stimmberechtigung auch den Frauen zuspreche.
5. Preßfreiheit,
6. Restlose Entlassung aller Gefangenen."

Staatssekretär Haussmann hat weder Macht noch Mandat, über diese Forderungen zu verhandeln. Er verspricht, sich für eine weitgehende Amnestie zugunsten der politischen Gefangenen einzusetzen. Das reicht den Matrosen nicht. Und sie sind auch nicht bereit, nachzugeben. Noske erkennt dies. Er bittet Haussmann dringend, „noch heute nacht – vor Erstattung des mündlichen Berichts – der Regierung über den Ernst der Lage telegraphisch Bericht zu erstatten".

Die Matrosen indessen formulieren noch in der Nacht ein Flugblatt zur Unterrichtung der Öffentlichkeit.

„Kameraden!
Der gestrige Tag wird in der Geschichte Deutschlands ewig denkwürdig sein. Zum ersten mal ist die politische Macht in die Hände der Soldaten gelegt. Ein Zurück gibt es nicht mehr! Große Aufgaben liegen vor uns. Aber damit sie erfüllt werden können, ist Einigkeit und Geschlossenheit der Bewegung notwendig...Die in später Abendstunde beim Generalgouverne-

Abb. 11

Abb. 12 (Seite 38/39) Matrosen und ihre U-Boote: Über den Schiffen weht nicht mehr die Reichskriegsflagge, sondern die rote Fahne.

ment unter Beisein des sozialdemokratischen Abgeordneten Noske und des Staatssekretärs Haussmann erreichten Erfolge sind:

1. Haussmann nimmt unsere Forderungen an und verspricht beschleunigte Durchsetzung bei der Regierung.
2. Sofortiges Abbrechen sämtlicher gegen unsere Bewegung gerichteten militärischen Maßnahmen.
3. Hinwirken zum Einlaufen der Flotte.
4. Unter Mitwirkung des Arbeiterrates werden dem Soldatenrat die Akten der noch in Haft befindlichen vorgelegt, um über deren Freilassung, mit Ausnahme der wegen unehrenhafter Handlungen Verurteilten, zu entscheiden.

Zur Ergänzung des Aktionsausschusses sind die Genossen Haase und Ledebour telegraphisch hierhergerufen worden."

Das Flugblatt geht über das hinaus, was wirklich erreicht worden ist. Niemand kann die Matrosen hindern, ihre vermeintlichen Erfolge selbst zu formulieren. Es wird noch in der Nacht gedruckt und soll am nächsten Morgen verteilt werden.
Die Diskussionsrunde im Gewerkschaftshaus hat 14 Punkte formuliert, die in einem Flugblatt zusammen mit den Ergebnissen der Verhandlungen mit Haussmann bekanntgemacht werden sollen.

1. „Freilassung sämtlicher Inhaftierten und politischen Gefangenen.
2. Vollständige Rede- und Preßfreiheit.
3. Aufhebung der Briefzensur.
4. Sachgemäße Behandlung der Mannschaften durch Vorgesetzte.
5. Straffreie Rückkehr sämtlicher Kameraden an Bord und in die Kasernen.

6. Die Ausfahrt der Flotte hat unter allen Umständen zu unterbleiben.
8. Zurückziehung sämtlicher nicht zur Garnison gehöriger Truppen.
9. Alle Maßnahmen zum Schutze des Privateigentums werden sofort vom Soldatenrat festgesetzt.
10. Es gibt außer Dienst keine Vorgesetzen mehr.
11. Unbeschränkte persönliche Freiheit jedes Mannes von Beendigung des Dienstes bis zum Beginn des nächsten Dienstes.
12. Offiziere, die sich mit den Maßnahmen des jetzt bestehenden Soldatenrates einverstanden erklären, begrüßen wir in unserer Mitte. Alles übrige hat ohne Anspruch auf Versorgung den Dienst zu quittieren.
13. Jeder Angehörige des Soldatenrates ist von jeglichem Dienst zu befreien.
14. Sämtliche in der Zukunft zu treffenden Maßnahmen sind nur mit Zustimmung des Soldatenrates zu treffen.

Diese Forderungen sind für jede Militärperson Befehl des Soldatenrates."

In den 14 „Kieler Punkten" wird noch kein in sich geschlossenes politisches Programm erkennbar: Es wird geregelt, was am nötigsten scheint. Viele Soldatenräte im Reich werden diese Punkte übernehmen. Im Verlaufe des Abends einigen sich die sozialdemokratischen Parteien SPD und USPD auf die paritätische Besetzung des Arbeiterrates. Beide Parteien versuchen, die Führung der neuen Bewegung in Kiel zu übernehmen. In Kiel bestehen nun Soldatenrat und Arbeiterrat nebeneinander.

Abb. 13 Gewerkschaftshaus in der damaligen Fährstraße, heute Legienstraße: Ort des Geschehens …

Abb. 14 … und Ort des Erinnerns: Plakette von 1978.

Dienstag, 5. November 1918

In der Stadt herrscht Nervosität. Gerüchte machen die Runde – etwa das von der „königstreuen Infanterie“, die von allen Seiten auf Kiel im Anmarsch sei. Die Wandsbeker Husaren sollen es sein, obwohl es für dieses Gerücht keine Grundlage gibt. Der nachts im Gewerkschaftshaus tagende Soldatenrat beschließt die Verhaftung des Gouverneurs, Vizeadmiral Wilhelm Souchon wird gegen 2.00 Uhr festgenommen und im Bahnhof als Geisel festgehalten. Da sich aber herausstellt, dass keine Truppen in Richtung Kiel unterwegs sind, wird er gegen 6.00 Uhr wieder auf freien Fuß gesetzt.

Kurz nach Sonnenaufgang setzen Schiffe im Hafen nicht die Reichskriegsfahne, sondern hissen rote Flaggen. Lothar Popp und Karl Artelt halten diesen Augenblick in ihren Erinnerungen fest: „Als wollte die Natur mitfeiern, ging hell die Sonne am 5. November hoch, brach ihre Strahlen in dem leuchtenden Rot der fahnen, die von allen Türmen und Schiffen wehten.“ Der damalige Chefredakteur der sozialdemokratischen Schleswig-Holsteinischen Volkszeitung Bernhard Rausch schreibt später pathetisch: „Als der 5. November sich mit blutrotem Schein aus dem Seenebel emporhob, blickte er in eine völlig veränderte Welt. Über der deutschen Flotte, vom Kieler Rathaus und dem Schlossturm wehte die rote Fahne der Revolution.“

In seiner Zeitung heißt es mit freudiger Prophetie: „Die Revolution ist auf dem Marsche. Was sich gestern in Kiel ereignet hat, wird in den nächsten Tagen weitere Kreise ziehen und den Anstoß zu einer Bewegung geben, die durch ganz Deutschland gehen wird. Was die Arbeiter und Soldaten wollen, ist nicht das Chaos, sondern die neue Ordnung, ist nicht die Anarchie, sondern die soziale Republik. Laßt Euch darum nicht zu Unbesonnenheiten fortreißen! Glaubt nicht wilden Gerüchten, stellt Euch geschlossen hinter den Arbeiter- und Soldatenrat, folgt seinen Anordnungen und Beschlüssen, vermeidet alles, was gegen unsere Bewegung und ihren idealen Schwung ausgenutzt werden könnte.

Es lebe die Freiheit!
Hoch die soziale Republik!"
Die Offiziere auf den Schiffen sehen tatenlos zu, wie die Matrosen die Fahne der Revolution hissen. Nur auf der im Dock liegenden „König" hat der Kommandant ohne die üblich Zeremonie die Kriegsflagge setzen lassen und einige Offiziere zu ihrer Bewachung abgestellt. Gegen sie wird geschossen, der Kommandant, selbst getroffen, verteidigt die Fahne, erschießt einen Matrosen, bevor er nochmals von einer Kugel getroffen und schwer verletzt wird. Nun wird auch auf der „König" die rote Flagge gesetzt, und von Land aus rufen die Matrosen „Hurra"!
Gegen 10.00 Uhr trifft der SPD-Stadtverordnete Eduard Adler im Rathaus ein und erklärt dem Oberbürgermeister Paul Lindemann im Namen des Arbeiterrates, dass die Stadtverwaltung „unter Abhängigkeit vom Arb.- und Soldatenrat selbständig zu arbeiten hat".Vertreter des Arbeiterrates stellen sich an die Seite der Polizei und der Post und anderer wichtiger Behörden in Kiel.
Gerüchte schwirren durch die Stadt, angeblich sollen Offiziere einen Gegenschlag vorbereiten. Ein Infanterieoffizier erinnerte sich später: „Ich saß an Deck, aber der Dampfer fuhr vorerst nicht ab. Drei Matrosen, umgeschnallt und mit Gewehr, traten aus dem Büroraum der Spedition Bruhn (etwa da, wo jetzt die Fischhalle steht), kamen auf den Dampfer und aufs Oberdeck. Sie steuerten gleich auf mich zu und fuhren mich an: ‚Sie sind Offizier!' Ich war sehr erstaunt, trug ich doch Zivil. Da konnte nur ein Fahrgast mich verpfiffen haben, denn unter den Fahrgästen waren viele Bekannte aus Friedrichsort. Ich bejahte. Der Führer, kenntlich am umgeschnallten Offiziersdegen, forderte mich auf, mitzukommen, ‚weil die Offiziere in Kiel für heute Nacht einen Putsch planen'. Meine Beteuerungen, dass ich von Schießereien genug hätte und nur zu meinen Eltern fahren wollte, fruchteten nichts. Ich musste aussteigen. Ein Posten mit aufgepflanztem Seitengewehr vor-

weg, ein zweiter auch aufgepflanzt, hinter mir her, so zogen wir in Richtung Altmarkt davon, aufgemuntert durch Kolbenstöße von hinten, eine schnellere Gangart einzuschlagen. Als wir über den Markt kamen, hatten gerade die Kinos geschlossen und viele Menschen bevölkerten den Platz. ‚Öh, dor hebbt se all wedder enen!' schallte es mir entgegen, und im Augenblick waren wir umringt. Fäuste wurden mir unter die Nase gehalten, ich wurde hin und her gezerrt und angespuckt. Die Posten hatten Mühe, mich vor der Menge zu schützen." Und weiter: „Entsetzt erkannte ich junger Mensch, wie leicht eine Menge aufgeputscht und ohne Kenntnis der Dinge Partei ergreifen kann. Man brachte mich zum Gewerkschaftshaus in der Fährstraße. Im ersten oder zweiten Stock musste ich durch einen langen Flur, von dem aus viele Türen in Büroräume führten. Durch die Tür ‚Oberster Arbeiter- und Soldatenrat' schob man mich in einen größeren Raum. Vor den beiden Fenstern standen große Schreibtische, an ihnen saßen ein Zivilist und ein Matrosengefreiter. Letzterer drehte sich um und fragte: ‚Was wollt Ihr?' ‚Wir bringen hier einen Offizier.' ‚Ja, und?' ‚Ja nun, die planen heute Nacht doch einen Putsch.' ‚Mensch das ist doch Quatsch!' ‚Hier ist überhaupt alles Quatsch' rief der Matrose, der mich gebracht hatte, und schleuderte sein Gewehr dem ‚Obersten Soldatenrat' vor die Füße, machte kehrt und verschwand, gefolgt von seinem Kameraden, der aber nahm sein Gewehr mit. Da stand ich nun allein mitten im Raum. Der Zivilist hob das Gewehr auf, stellte es an die Wand, sah mich an und sagte: ‚Sie können gehen.' Da schoß in mir die Wut hoch, doch ich erkannte die ganze Komik der Situation."

Der Kieler Architekt Ernst Prinz notiert in seinem Tagebuch, dass ein ‚kleiner Zivilist' rund 200 Offizieren im Gewerkschaftshaus etwa sagt: „Meine Herren, finden Sie sich mit der neuen Lage ab, die Gewalt ist in unseren Händen. Versuchen Sie keine Gegenbewegung, um unnützes Blutvergießen zu vermeiden. Alle irgendwie wichtigen militärischen Stellen sind

von uns besetzt, alle Waffen in unseren Händen. Es wird nur klug sein von Ihnen, wenn Sie sich den Tatsachen fügen."
Die Matrosen in der Stadt haben Angst vor einem Gegenschlag der Offiziere und gleichzeitig fühlen sie sich stark. Sie machen sich über die Offiziere lustig, reißen ihnen ihre Rangabzeichen ab und nehmen ihnen die Waffen weg. Offiziere, so heißt es, schießen aus Häusern und Hinterhalten auf die Matrosen. Wilde Patrouillen durchsuchen Häuser und verbreiten Angst und Schrecken. Ein Sparkassenvorsteher berichtet: „Man drang mehrmals mit den Waffen auf den Hauswart ein, erklärte ihn mindestens viermal für verhaftet, schrie ihn an, die Hände hochzunehmen, und befahl, mit die Treppe hinaufzukommen ... Oldenburgs (so hieß der Hauswart, FT) Familie usw. war bereits zum Gewerkschaftshaus abgeführt worden. Im Laufe des Verhörs wurde ihnen gesagt, dass sie alle erschossen werden sollten, wenn der Täter, der aus der Sparkasse geschossen habe, nicht ermittelt würde." In einem Bericht über diesen Vorfall heißt es dann: „Das angeblich bei einem Mieter gefundene Gewehr war, wie im Gewerkschaftshaus sogleich festgestellt worden ist, seit längerer Zeit nicht abgeschossen worden."
Die Schießereien fordern 10 Tote und mindestens 21 Verletzte. Nicht in allen Fällen lässt sich sagen, wer auf wen geschossen hat. Zu den Opfern gehört auch der Stadtkommandant Kapitän zur See Wilhelm Heine, er wird am späten Abend in seiner Wohnung von einer wilden Matrosen-Patrouille erschossen, weil er sich seiner Festnahme widersetzt. Heine gilt den Matrosen als einer der Hauptschuldigen an der Schießerei vom 3. November.
Mit einem Flugblatt versucht der Gouverneur, Ruhe zu stiften: „Das Gerücht, Offiziere hätten aus Häusern geschossen, hat weitere Beunruhigung hervorgerufen. Ich mache es im Interesse der öffentlichen Sicherheit den Offizieren zur Pflicht, solche Gewaltmaßregeln zu unterlassen. Nur ein gemeinsames Verständnis für das Erfordernis des Augenblicks kann wieder feste Ordnung schaffen."

Inmitten dieses revolutionären Durcheinanders sitzt im Kieler Schloss Prinz Heinrich, Großadmiral, als Oberbefehlshaber der Ostseestreitkräfte im Januar 1918 kaltgestellt, der Bruder des Kaisers, dessen Abdankung gefordert wird. Als jetzt die Schlosswache durch eine Patrouille des Soldatenrats ersetzt werden soll, stellt sich Prinz Heinrich den Matrosen und ihrer Bewegung höchstpersönlich entgegen. Der Führer der Schlosswache ist dabei: „Der Prinz sagte allgemein, er verstünde nicht, dass die Marine so etwas mache, und er fragte einen, der die Wache übernehmen wollte, ob er denn nicht wüsste, dass er eidbrüchig gegen den Kaiser würde. Dieser entgegnete, das wüsste er schon, aber der Kaiser flöge in einigen Tagen selbst vom Thron. Darauf fuhr der Prinz die Leute an: ‚Machen Sie, dass Sie rauskommen!'"
Folgen hat der Vorfall für die Matrosen nicht, aber der Prinz fürchtet nun um sein und seiner Familie Leben. In der Nähe von Eckernförde besitzt er das Gut Hemmelmark, dorthin will er sich zurückziehen. Aufgehalten wird er in Kiel nicht. Zur Tarnung steckt er seinem Auto eine rote Flagge und sich selbst ein rotes Tuch an und setzt sich ans Steuer. Kurz hinter der Stadt, an der Levensauer Hochbrücke, ist kein Durchkommen: ein Lastwagen ist liegengeblieben und versperrt die Durchfahrt. Nachdem die Panne behoben ist, stellen sich zwei Matrosen auf die Trittbretter des prinzlichen Wagens und wollen nach Eckernförde mitgenommen werden. Nun kommt es zu einem weiteren Zwischenfall, den Prinz Heinrich später in einem Brief schildert: „Ich war eben im Tunnel links an einem Lastauto vorüber, als ich einen Knall hörte und rechts vorn einen Spritzer sah, gleich darauf dasselbe links hinten. Ich war in dem Glauben, die Pneumatiks wären geplatzt und war im Begriff, die Fahrt zu verringern, als mir Eicke und Waldemar (in Begleitung des Prinzen) zuriefen: ‚Äußerste Kraft, die Kerle schießen.' Und so war es – ein heftiges Schützenfeuer setzte ein, dem die Insassen wie durch ein Wunder entkamen."

Einer der Trittbrettfahrer wird allerdings bei dieser Schießerei getötet. Die Matrosen an der Hochbrücke informieren den Soldatenrat und behaupten, Prinz Heinrich habe den Matrosen getötet. Noske wird bedrängt, die Verfolgung des Prinzen Heinrich aufzunehmen, um ihn zur Rechenschaft zu ziehen. Aber Noske zweifelt. Er schreibt in seinen Erinnerungen: „Ich versuchte zu beruhigen. Das erwies sich als vergeblich. Vernunftgründe machten keinen Eindruck. Schließlich wies ich drauf hin, dass Kiel in weitem Bogen zerniert (eingeschlossen, umzingelt, FT) sei und Gefahr bestehe, Wagen, die in der Dunkelheit führen, würden samt ihren Insassen weggenommen." Doch die Matrosen gaben nicht nach. Noske weiter: „Sodann wurde der Vorschlag diskutiert, dass ich dem Prinzen einen Eisenbahnzug mit Bewaffneten nachsenden solle. Ich erklärte, das erfordere eingehende Überlegung mit der Leitung der Eisenbahn. Zwischendurch wurde ich wegen hunderterlei anderer Dinge angesprochen, die ich in dem Getöse, das im Zimmer herrschte, erledigte, so gut es ging. Als schließlich eine Stunde herum war, konnte ich den Leuten klarmachen, nun sei der Prinz in seinem schnellen Auto sicher so weit weg, dass es völlig zwecklos wäre, ihm nachzusetzen. So ist er mit heiler Haut davongekommen. Politisch klüger ist er durch seine Erfahrungen in der Kieler Revolution nicht geworden."
Auch während der Revolution muss alles seine Ordnung haben: Als der Umzug des Schlossinventars nach Hemmelmark ansteht, erbittet das Hofmarschallamt Ausweise, mit denen die Kutscher die Transporte durch die Kontrollen bringen können. Der Soldatenrat bescheidet: „Wenn ein Sicherheitsbeamter von uns beim Verladen zugegen ist, kann eine Bescheinigung ausgestellt werden." Das Hofmarschallamt kündigt in der Folgezeit dem Kieler Gärtner des Prinzen Heinrich: „Da S.Kg. Hoheit seinen Wohnsitz nach Hemmelmark verlegt hat, erübrigt sich die weitere Unterhaltung des Schlossgartens. Ich kündige daher den mit Ihnen am 15.5.1902 geschlossenen Vertrag zum 1.4.1919." Und auch Noske muss sich späterhin

noch mit dem Prinzen Heinrich beschäftigen: „Für den Monat Dezember war ihm noch das Admiralsgehalt ausgezahlt worden. Ich veranlaßte die sofortige Rückerstattung des Geldes, die auch, wie mir gemeldet wurde, erfolgt ist."
Am frühen Abend des 5. November trifft Staatssekretär Conrad Haussmann wieder in Berlin ein. Er begibt sich sofort in die laufende Sitzung des Kabinetts und berichtet über die Lage in Kiel. Bereits am Morgen hatte er von Elmshorn aus ein Telegramm an den Reichskanzler geschickt, um auf die wichtigste Forderung der Matrosen hinzuweisen – nämlich Amnestie für die Inhaftierten. Er schlägt vor, keine weiteren Truppen nach Kiel zu entsenden, denn dort bestehe „Ansteckungsgefahr": „Wenn die Sache dort gehalten werden könnte, " so heißt es im Protokoll der Sitzung, „so sei dies nur durch die Sozialdemokraten und Gewerkschaften möglich." Er hat die Hoffnung, dass der Aufstand der Matrosen auf Kiel beschränkt werden kann. Im Kabinett werden aber auch andere Stimmen laut: Der Staatssekretär des Reichsmarineamts, Ritter von Mann, und der preußische Kriegsminister Heinrich Scheüch sind dagegen, den Forderungen nachzugeben. Von Mann will ein Exempel statuieren und Kiel zu Lande und zu Wasser abriegeln. Anders Philipp Scheidemann: „Klüger sei es, man sage den Leuten, wir reden mit Euch über Eure Forderungen." Das Kabinett erkennt die Brisanz der Lage, kommt aber zu keiner Entscheidung.
Gerüchte und Flüsterpropaganda sorgen für Konfusion in der Stadt. Und der Soldatenrat kann dem nichts entgegensetzen. Bernhard Rausch beobachtet: „Im Soldatenrat befanden sich jedoch nicht wenige, deren besondere revolutionäre Energie sie zunächst an die Spitze der Bewegung gebracht hatte, deren Können aber meist hinter ihrem Wollen zurückblieb, die mehr Agitatoren als Organisatoren waren. Außerdem bestand am Anfang der bedauerliche Zustand, dass von verschiedenen Stellen aus im Namen des Soldatenrats Befehle ergingen, die sich z.T. kreuzten und dadurch Verwirrung hervorriefen."

Noske war in Berlin gesagt worden, dass er seine Mission wohl an einem Tag würde erfüllen können. Hier in Kiel sah es nun anders aus. Später erinnert er sich: „Zu 1 Uhr mittags war wieder eine große Demonstrationsversammlung auf dem Wilhelmsplatz angesagt, in der Bericht erstattet werden sollte. Kurz vorher setzte ein heftiger Regen ein, den ich deswegen begrüßte, weil zu erwarten war, dass er eine ganze Anzahl von Leuten von der Straße treiben würde. Ich erinnerte mich, irgendwo gelesen zu haben, dass eine Revolution noch in den seltensten Fällen gemacht worden sei, wenn die Leute einen Regenschirm brauchten." Aber Noske täuscht sich: „Der Zuzug zum Wilhelmsplatz war aber ungeheuer, trotz der schlechten Witterung. Der weite Platz war mit tausenden und Abertausenden von Blaujacken bedeckt. Sie kamen aus den verschiedenen Kasernen, zum Teil mit Musikkorps und großen roten Fahnen. Mit militärischer Pünktlichkeit ging der Aufzug nicht vonstatten; 1 Uhr war schon vorüber, als noch immer lange Züge heranrückten. Es regnete aber so stark, dass der Aufenthalt im Freien höchst ungemütlich war. Von einem Wagen herunter wurden deshalb nur kurze Ansprachen gehalten. Ich beschränkte mich auf den Hinweis, dass die Bewegung, an deren Entstehen ich keinen Anteil hätte, von fester Hand geleitet werden müsse."

Noske hat am Morgen vergeblich versucht, die Spitze des Soldatenrats zu sprechen, fand aber niemanden, der sich angesprochen fühlte. Noske: „Eine Anzahl der Kameraden hätten mich gebeten, als Vorsitzender des Soldatenrates vorerst ihre Interessen wahrzunehmen. In Riesenversammlungen könne man nicht verhandeln, was zu tun sei. Die einzelnen Formationen sollten also Vertrauensleute am Nachmittag nach dem Stationsgebäude schicken, mit denen zusammen ich dann an die Arbeit gehen würde, falls sie das erforderliche Vertrauen zu mir hätten. Der Vorschlag fand brausende Zustimmung, und ich fuhr schon wieder davon, als noch immer große Soldatenzüge dem Platze zuströmten."

Gegen 16.00 Uhr finden sich dort etwa 50 bis 60 Leute ein. „Manche," so Gustav Noske, „waren in aller Eile gewählt worden, andere waren ohne Auftrag gekommen, damit ihr Schiff oder ihre Formation überhaupt vertreten sei." Eine strukturierte Diskussion kommt nicht auf. Noske schlägt vor, einen sieben- oder neunköpfigen Soldatenrat zu wählen, der unter seinen Vorsitz tagt. Der Vorschlag findet Zustimmung, aber die Benennung der Mitglieder klappt nicht, weil sich die Soldaten untereinander nicht kennen. Noske weiß sich keinen anderen Rat, „als die Gesichter der Leute anzusehen und einige auszuwählen, die mir den Eindruck machten, dass mit ihnen etwas anzufangen sei. Ich muß gestehen, dass mein Scharfblick sich dabei nicht vollständig bewährte. Einen oder zwei der Leute habe ich überhaupt nicht wiedergesehen, und ein dritter war ebenfalls ein vollständiger Versager." Auch Karl Artelt gehört dazu, der einzige von denen, die am 4. November mit dem Gouverneur verhandelt hatten. Artelt und Noske wenden sich mit einem Flugblatt an die militärische Öffentlichkeit.

„Beschlüsse des Soldatenrates.

Die Verpflegung wird in der bisherigen Weise geregelt.
Es ist Sicherheit geschaffen worden, dass eine ordnungsgemäße Zahlung der Löhnung erfolgt.
Den Anordnungen der gewählten Soldatenräte der einzelnen Formationen ist im Interesse unserer Sache Folge zu leisten.
Der Arbeitsdienst in der Gasanstalt, dem Elektrizitätswerk, beim Einladen der Züge mit Lebensmitteln ist unbedingt weiter zu leisten, bis eine anderweitige Regelung getroffen wird,
Einstimmig ist vom großen Soldatenrat beschlossen worden, dass der militärische Sicherheitsdienst in der Ostsee voll aufrecht erhalten wird.
Die Ruhe und Ordnung auf den Straßen ist unbedingt zu bewahren.

Jedes zwecklose Schießen hat zu unterbleiben.
Der große Soldatenrat fordert, dass jedes unbefugte Waffentragen unterbleibt. Munition ist von den Delegierten zu verwahren.
Zivilisten haben sofort alle Waffen bei der nächsten militärischen Dienststelle abzugeben.
Patrouillen sollen nur auf Anordnung des Soldatenrates gehen.
Alle Anordnungen des Soldatenrates haben die Unterschrift des Vorsitzenden, des Abgeordneten Noske und eines weiteren Mitglieds des Soldatenrates zu tragen.
Der Soldatenrat macht es allen Kameraden zur dringenden Pflicht, im eigensten Interesse nur solche gezeichnete Anordnungen zu befolgen, diese aber unbedingt und sofort.

Kiel, den 5. November 1918.

gez. Artelt.
gez. Noske."

Und in einem weiteren Flugblatt ruft der Magistrat der Stadt die Zivilbevölkerung auf: „Mitbürger! Unsere Stadt durchlebt ernste Tage. Unser aller Pflicht ist es, Ruhe und Besonnenheit zu bewahren und zu betätigen. Darum: Meidet alle Ansammlungen! Glaubt und verbreitet keine Gerüchte. Wer Freiheit will, muss Ordnung halten."
In einem Telefonat mit Vizekanzler Friedrich von Payer in Berlin warnt Noske, mit Waffengewalt gegen die Aufständischen vorzugehen: Er warnt vor einer weiteren Eskalation, der Versuch, in Kiel 40.000 Mann zu überwältigen, sei aussichtslos: „Es würde nur ein Blutbad geben. Die 40.000 Mann, um die es sich handele, könnten nicht überwältigt werden, und der Versuch würde jede Verständigung unmöglich machen." In einem Tele-

fonat mit Ritter von Mann fordert Noske Amnestie und den Rücktritt oder die Abdankung des Kaisers.
In Berlin setzt die Reichsregierung auf eine, wie Max von Baden es später formuliert, „freiwillige Rückkehr zur Ordnung unter sozialdemokratischer Führung." Das Militär sieht das anders. Ohne eine Entscheidung des Kabinetts abzuwarten, fordert die Seekriegsleitung in einem Telegramm an das Kommando der Hochseeflotte einen harten Kurs.

„Im Einvernehmen mit Regierung gilt folgendes:
1. Jeder Widerstand ist sofort zu brechen, die Rädelsführer sind auf strengste zu bestrafen. Mitläufer milde zu behandeln, Massenverhaftungen sind möglichst zu vermeiden.
2. Kriegsminister als Militärbefehlshaber hat die Operation gegen Kiel übernommen. Mit Durchführung wird ein General beauftrag. Name noch nicht bekannt…IX. Reservekorps absperrt Kiel zu Lande.

Hochseekommando sorgt sofort für völlige Absperrung Kiels nach See zu durch zuverlässige Streitkräfte und für Unbrauchbarmachen der F.(unk-) T.(elegramm) Stationen in Kiel innerhalb des abzusperrenden Gebietes. G. 91 (Torpedoboot) angeblich mit roter Flagge aus Kiel ausgelaufen, es ist unschädlich zu machen. III. Geschwader soll auf keinen Fall nach Kiel zurückkehren."

Diese Anordnungen konterkarieren Gustav Noskes Kurs in Kiel, Wirklichkeit werden diese Anordnungen nicht, denn es stehen keine Truppen mehr zur Verfügung, die diese Befehle ausführen könnten.
In der Lübecker Bucht liegt das III. Geschwader vor Anker. Militärfahrzeuge unter der roten Flagge fahren nach Lübeck und Hamburg. In Lübeck gibt abends der Soldatenrat bekannt: „Seit heute abends ist Lübecks Macht in unseren Händen. Wir

erklären hiermit, dass mit unserer Sache den Kameraden an der Front wie hier in der Heimat gedient ist. Es musste mit den korruptiven Zuständen und der militärischen Diktatur von gestern gründlich aufgeräumt werden. Der Zweck unserer Sache ist sofortiger Waffenstillstand und Friede. Wir bitten die Bevölkerung Lübecks, größte Ruhe zu bewahren. Es wird von uns nichts unternommen, was die Betriebe zur Aufrechterhaltung der Ordnung stören könnte. Es geht alles seinen alten Gang. Wir erwarten von der Bevölkerung bereitwillige Mitwirkung. Wir können feststellen, dass diese Umwandlungen der militärischen Dinge in Lübeck unblutig verlaufen werden. Wir warnen vor Ausschreitungen, Plünderungen und Diebstahl werden mit dem Tode bestraft. Die Lebensmittelverteilung bleibt in den Händen der Zivilverwaltung."
In Hamburg kommt es am Abend zu einer Massendemonstration zugunsten der Kieler Beschlüsse – und zu einem Zusammenstoß mit linientreuem Militär, bei dem geschossen wird.

Mittwoch, 6. November 1918

Die Nacht vom 5. auf den 6. November ist in Kiel ruhig verlaufen, den Anordnungen des Soldatenrates wird offenbar Folge geleistet. Und nun fährt auch die Straßenbahn wieder.
Nach den Telefonaten Noskes vom Vortag schwenkt in Berlin das Kabinett einstimmig auf die Linie von Staatssekretär Haussmann. Die Regierung in Berlin signalisiert, dass sie Vertrauen zu Noske hat. Es wird aber auch deutlich, dass das Reichsmarineamt einen anderen Kurs steuert. An die Kriegsmarineschule in Sonderburg auf Alsen etwa geht folgendes Telegramm ab: „Soldatenrat wird nicht anerkannt. Kiel wird von Armee eingeschlossen, um Ausbreitung der Bewegung zu verhindern. Schiffe mit roter Flagge sind als feindliche zu betrachten." Die Marineführung setzt beim Kaiser die Ablösung von Gouverneur Souchon durch. Diese Entscheidung wird mit Telegramm von 20.30 Uhr aus Spa nach Berlin wieder aufgehoben. Die letzten Versuche, die Bewegung mit militärischen

Mitteln zu ersticken, sind gescheitert. Auf Gustav Noske ruhen zwei Hoffnungen: Er soll die Ordnung in Kiel herstellen und die Ausbreitung des Matrosenaufstands verhindern. Letzteres gelingt nicht: Schon am 3. und am 4. November hatten viele Matrosen Kiel mit dem Zug verlassen. Nun gehen sie bis Neumünster zu Fuß und steigen dort in die Züge. Die Revolution verbreitet sich im Schneeballsystem und entlang der Bahnlinien. Arbeiter- und Soldatenräte entstehen in Wismar, Schwerin und Rostock, in Flensburg, Brunsbüttelkoog und Wilhelmshaven. Unter Führung Kieler Matrosen wird in Hamburg das Gewerkschaftshaus besetzt und ein Arbeiter- und Soldatenrat gebildet. Lothar Popp erinnert sich: „Nun war natürlich froher Jubel, denn jetzt konnte kein Zweifel mehr sein,

Abb. 15 Gustav Noske inspiziert Soldaten in Kiel – ein Zivilist seit dem 7. November als Gouverneur mit Kommandogewalt.

dass unsere Zuversicht auf den Sieg der Revolution uns nicht betrogen hatte."
In Rendsburg meldet ein Extrablatt des Rendsburger Tageblatts: „Die Flamme der Freiheit ist auch in Rendsburg aufgelodert." Um 14.00 Uhr versammeln sich Soldaten und Arbeiter mit roten Fahnen am Bahnhof, hissen dort eine rote Flagge und marschieren durch die Stadt. Es konstituiert sich ein Arbeiter- und Soldatenrat. Seine Devise lautet: „Ruhe bewahren! Jeder bleibt auf seinem Posten!"
Eine Gruppe Kieler Matrosen kommt nach Bremen, um Matrosen, die wegen der Befehlsverweigerung am 30. Oktober verhaftet worden sind und seitdem in der Haftanstalt Bremen-Oslebshausen gefangen gehalten werden, ganz nach Kieler Vorbild zu befreien – ohne Gegenwehr.
Auf der Ostseeinsel Alsen – hier sind 4.000 bis 5.000 Soldaten stationiert – trifft die Nachricht vom Matrosenaufstand beim lungenkranken Militärschneider Bruno Toppf in Sonderburg auf empfängliche Ohren. Genau lassen sich die Ereignisse hier nicht rekonstruieren. Es heißt, er habe das Krankenbett verlassen sei auf eine Leiter geklettert und habe verkündet: „Das Hampelmannspielen ist nun vorbei. Wir kommen soeben aus Kiel, wo wir die Macht ergriffen und 600 Offiziere erschossen haben." Das war beides erfunden. Aber der Schneider setzt sich an die Spitze der Bewegung, auch der gebildete Soldatenrat, zu dessen Vorsitzenden Toppf bestimmt wird, hat nicht zu melden. Toppf lässt Kadetten und Offiziere entwaffnen, über der Kaserne wird die rote Flagge gehisst. Hat er tatsächlich den Bürgermeister und den Landrat mit vorgehaltener Pistole entmachtet? Jedenfalls verbietet er den Alkohol auf Alsen und kümmert sich um die Verpflegung für die Bevölkerung und für die Soldaten.
In Cuxhaven an der Elbmündung erfährt der als Joachim Ringelnatz bekannt gewordene Leutnant Hans Gustav Bötticher von der Gründung eines Arbeiter- und Soldatenrates. Er hat anfangs Sympathie für die Revolution und die Matrosen res-

pektieren ihn als anständigen Vorgesetzten. Ringelnatz kennt die Schauplätze des Kieler Matrosenaufstandes aus eigenem Erleben: „In Friedrichsort und Kiel sah man nur Marine und wieder Marine, Matrosen als Kellner, als Friseure, als Bademeister und als Musiker, Matrosen zu Pferd, Matrosen auf dem Kutschbock, auf der Post und hinterm Ladentisch." Nun in Cuxhaven plädiert er für Besonnenheit: „Nur mit Ordnung kommt man zur Freiheit. Bloße Revolution, also rein plumpes Umstürzenwollen ist der Untergang für alle." Mit dieser mehrheitssozialdemokratischen Position erreicht er die Matrosen allerdings nicht: „Wir haben nichts mit Offizieren zu tun. Unsere Parole ist Liebknecht!" erhält er zur Antwort. Er ist bereit, im Soldatenrat mitzuarbeiten - unter der Bedingung, „dann auch gleich mit an die äußerste Spitze gewählt zu werden. Darauf gehen die Roten nicht ein," so erinnert sich Ringelnatz später, und: „Ich war Ihnen nicht radikal genug. Manche trauten mir auch nicht, weil ich nach wie vor meine Offiziersmütze mit dem aufgestickten Eichenlaub und der Krone beibehielt."

Donnerstag, 7. November 1918

Der Eisenbahnverkehr in Kiel wird wieder aufgenommen.
Noske ist derjenige in der Stadt an der Förde, der die Akteure der neuen politischen Kräfte zusammenhält. Zugleich ist er derjenige, der mit den Vertretern der alten Ordnung kommuniziert. Er verbindet die alte und die neue Zeit wie ein Transmissionsriemen zwei rotierende Achsen. Er muss erkennen, dass er die Ausbreitung des Matrosenaufstands nicht verhindern kann. In seinen Erinnerungen notiert er: „Da war ein Lavieren nicht mehr am Platze, sondern es hieß die Zügel fest in die Hand nehmen." Dazu will Noske Gouverneur werden.
Der Soldatenrat tritt zusammen und der Sprecher der Kieler USPD, Lothar Popp, schlägt vor – so heißt es im Sitzungsstenogramm – „den jetzigen Gouverneur Souchon abzusetzen, damit der Verwaltungsapparat endlich in Bewegung komme.

Denn es haben sich bereits eine Menge Offiziere, Beamte, sogar ein Admiral gemeldet, die sich dem A.- und S.-Rat unterordnen wollen, die aber dringend bitten, dass etwas geschieht, weil auch sie die Gefahr sehen, der wir sonst entgegengehen."
Popp schlägt vor, Gustav Noske zum neuen Gouverneur zu wählen. Die Wahl erfolgt einstimmig. Damit das austarierte Kräfteverhältnis zwischen den Mehrheitssozialdemokraten der SPD auf der einen und der USPD auf der anderen Seite gewahrt bleibt, wird Popp Vorsitzender des Soldatenrates. Popp hält den Soldatenrat für den entscheidenden Akteur, Noske setzt auf das Amt der alten Ordnung und hofft wohl, als Gouverneur die Bewegung unter Kontrolle zu bekommen und, so schreibt es Prinz Max von Baden später – „ein bolschewistisches Chaos" zu verhindern. Noske hat sich mit diesem Schritt einen strategischen Vorteil gegenüber der USPD verschafft. Er übernimmt im Stationsgebäude die Geschäfte des Gouverneurs.
Der bisherige Amtsinhaber Souchon räumt seinen Posten, ohne zu zögern. In einem Telegramm an das Reichsmarineamt schreibt er: „Ausübung der Gouverneursbefugnisse durch Abgeordneten Noske bietet einzige Aussicht, die Erhebung in ruhige Bahnen zu leiten. Meine Person dafür hinderlich. Bitte um Anerkennung dieser Auffassung der Lage."
Gustav Noske ist sich der historischen Dimension der Entwicklung bewusst: „Zum erstenmal wohl in der Weltgeschichte," so schreibt er später, „war damit einem Mann, der nie Soldat gewesen war, das Kommando über rund 80.000 Soldaten übertragen worden."
Der neue gewählte Oberste Soldatenrat unter dem Vorsitz von Popp und der neue Gouverneur formulieren nun gemeinsam einen ersten Gouvernements-Tagesbefehl, der deutlich macht: Von nun an herrschen in Kiel wieder geregelte Verhältnisse.

„Ich bin mit dem heutigen Tage einstimmig von den Vertrauensleuten sämtlicher sich der neuen Richtung angeschlossenen militärischen Formationen zum Gouverneur gewählt worden und habe die Geschäfte als solcher mit gleichem Zeitpunkt übernommen.
Mir zur Seite steht der ‚Oberste Soldatenrat des Befehlsbereichs der Ostseestation'. Dieser setzt sich zusammen aus 5 Mitgliedern, welche aus den von den Vertrauensleuten der Truppen gewählten Obmännern hervorgegangen sind.
Ich treffe meine Anordnungen in militärischen Angelegenheiten im Einvernehmen mit dem Obersten Soldatenrat.

1. Sicherungsdienst
Der gesamte Sicherungsdienst im Bereich des Gouvernements wird in vollem Maße wieder aufgenommen und von den Kommandanturen weitergeführt. Die Kommandanten haben das weitere zu veranlassen und einen entsprechenden Befehl umgehend auszugeben.

2. Verwaltungs-Angelegenheiten
Gehaltszahlung, Löhnung und Bekleidungswirtschaft wird in der bisherigen Weise geregelt. Die Verpflegung ist eine einheitliche.

3. Dienstregelung
Militärischer Dienst findet nicht statt mit Ausnahme des üblichen Wach-, Verwaltungs- und Sanitätsdienstes. Kameraden, die nicht oder noch nicht mit Waffen ausgebildet sind, sind nur zu solchen Arbeiten zu verwenden, die im Interesse unseres Allgemeinwohls erforderlich sind.

4. Urlaub
Garnisonsurlaub ist für alle Kameraden in weitgehendstem Maße zu erteilen und von den zuständigen Dienststellen im Einvernehmen mit den Vertrauensleuten selbständig zu regeln. Über Heimaturlaub folgt noch besondere Anweisung. Urlaubskarten: Bis zum Zapfenstreich sind keine Urlaubskarten erforderlich. Diese Regelung gilt für alle Kameraden.

5. Waffentragen
Sämtlichen nicht im Sicherheitsdienst befindlichen Kameraden ist das Waffentragen verboten.

6. Vorgesetztenverhältnis
Die Kameraden, welche Dienstgrade innehaben, sind nur im Dienst Vorgesetzte. Die Anrede in der dritten Person fällt fort.

7. Personalmeldung
Bis zum 15. d. Mts. sind von sämtlichen Dienststellen (auch Lazaretten) a.d.D. Meldungen über Anzahl der Iststärke getrennt nach dem Bestand vom 2. und vom 13. November an den Soldatenrat einzureichen, damit die Zahl der fehlenden Mannschaften festgestellt werden kann. Heimaturlaube sind besonders anzuführen.

8. Ärztliches
Eine ärztliche Untersuchung sämtlicher Kameraden ist beschleunigt durchzuführen und eine entsprechende Meldung nach Veranlassung dem Obersten Soldatenrat vorzulegen.

Kameraden! Eingedenk unserer großen Sache ist es Pflicht eines jeden von uns, mit vollster Hingabe im Interesse unseres Landes und unseres Volkes, dem wir Freiheit und Gedeihen für die Zukunft sichern wollen, mitzuwirken!

Dieser Befehl ist sofort durch die Vertrauensleute allen Kameraden bekanntzugeben.

Einverstanden
Der Oberste Soldatenrat

gez. Noske“

Noske veröffentlicht ein noch von seinem Vorgänger Souchon formuliertes Flugblatt und beglaubigt damit die Machtlosigkeit der Kieler Offiziere: „Die schweren Gewissenskonflikte hinsichtlich der Stellungnahme zu den Erscheinungen rein militä-

Am Springquell der Revolution

Die Kieler Matrosenerhebung

Von

Bernhard Rausch

Motto:
„Das Recht auf Revolution ist ja überhaupt das einzige wirklich „historische Recht", das einzige, worauf alle modernen Staaten ohne Ausnahme beruhen."
Friedrich Engels.

Verlag: Chr. Haase & Co.
(Schleswig-Holsteinische Volks-Zeitung)
Kiel 1918

Abb. 16 Erinnerungen des Chefredakteurs der Schleswig-Holsteinischen Volkszeitung.

rischer Natur müssen durch die Klärung der reinen Machtfrage innerhalb des Bereichs der Garnison Kiel als beseitigt angesehen werden. Widerstand zu leisten, würde sinnlos sein und lediglich zu nicht wieder gutzumachendem Blutvergießen führen." Es wird an „Selbstkontrolle und Selbstbeherrschung" eines jeden Offiziers appelliert, um „Konflikten aus dem Weg zu gehen". Souchon weiter: „Ich habe den Soldatenrat davon in Kenntnis gesetzt, dass die Offiziere und Beamten sich bereitfinden werden, ihre Arbeitskraft und Sonderkenntnisse der Bewältigung der gemeinsamen Aufgabe zur Verfügung (zu) stellen, die in der Aufrechterhaltung der Ordnung des laufenden Betriebs, der allgemeinen Sicherheit besteht. Zu diesem Zweck ersuche ich die Verwaltungsbeamten, ihren Dienst voll aufrechtzuerhalten." Oder mit anderen Worten gesagt: Ein Zurück gibt es nicht mehr.

Am 24. März 1848 hatte der Schleswiger Advokat Wilhelm Hartwig Beseler vor dem Kieler Rathaus eine „Provisorische Regierung" proklamiert: Bürger in den Herzogtümern Schleswig und Holstein forderten eine eigene Verfassung und die Aufnahme Schleswigs in den Deutschen Bund. Aber die Schleswig-Holsteiner konnten ihre Forderungen nicht durchsetzen. Auch nun, 70 Jahre später, bleibt die Unabhängigkeit Schleswig-Holsteins ein Traum. Noske erhebt Einspruch gegen die Ausrufung einer „Republik Schleswig-Holstein" und duldet lediglich, dass sich der Kieler Arbeiterrat zur „Provisorischen Regierung von Schleswig-Holstein" erklärt. Damit stellen sich die Arbeiter und Soldaten in die Tradition der liberalen Bürger von 1848 – freilich, so schreibt es Bernhard Rausch, auf „höheren Bahnen". Chefredakteur Bernhard Rausch erinnert sich: „Schon in der Nacht vom Mittwoch zum Donnerstag, als die Zukunft noch ungewiß war, wurde von den Genossen (Wilhelm) Poller und (Heinrich) Kürbis der Gedanke einer provisorischen Provinzialregierung geboren. Auf der Redaktion der Schleswig-Holsteinischen Volkszeitung entstand dann am Donnerstagvormittag in gemeinsamer Beratung folgende Proklamation an die Bevölkerung Schleswig-Holsteins, die der Arbeiter- und Soldatenrat einstimmig annahm, und die auch die Vertrauensmännerversammlung der Matrosen mit Jubel begrüßte."

„Die politische Macht liegt in unserer Hand.
Es wird eine provisorische Provinzialregierung gebildet, die im Zusammenarbeiten mit den bestehenden Behörden eine neue Ordnung aufrichtet.
Unser Ziel ist die freie, soziale Volksrepublik.
Wo Arbeiter- und Soldatenräte in der Provinz noch nicht bestehen, rufen wir die Bevölkerung von Stadt und Land auf, unserem Beispiel zu folgen und sich geschlossen hinter die neue Volksregierung zu stellen und sie in ihrer Arbeit am Volkswohl zu unterstützen.
Unsere Hauptaufgabe wird es zunächst sein, den Frieden zu sichern und die Schäden des Krieges zu heilen.
Die über den Rahmen der Provinzialverwaltung hinausgreifenden Fragen unterliegen selbstverständlich nach wie vor der Staats- und Reichsgesetzgebung.
Wir sind gewillt, mit der gesamten Beamtenschaft, sofern sie sich dem neuen Kurs unterstellt, in bisherigen Formen zusammen zu arbeiten.
Wir sind entschlossen, jedem Widerstand mit der uns zur Verfügung stehenden öffentlichen Gewalt entgegenzutreten.
Schleswig-Holsteiner! Ein alter demokratischer Traum von Freiheit und Einheit, für die viele Eurer Besten gekämpft und gelitten haben, wird jetzt auf neuen und höheren Bahnen Wirklichkeit.

Kiel, den 7. November 1918.

Der Arbeiter- und Soldatenrat."

Der Chefredakteur der Volkszeitung stellt später klar: „Der Aufruf bezweckte naturgemäß nicht, Schleswig-Holstein vom übrigen Reich zu isolieren. Seine Bedeutung bestand darin, dass, nachdem bereits seit einem Monat die Reichsregierung demokratisiert war, nunmehr als erste Frucht der Revolution auch die Verwaltung zeitgemäß reformiert werden sollte."
Auf Alsen versucht ein Hauptmann, Soldaten zu einem bewaffneten Gegenschlag aufzuwiegeln. Bruno Toppf schlägt diesen gegenrevolutionären Versuch nieder, indem er den Hauptmann kurzerhand verhaften lässt. Mit einem Wasserflugzeug kommt das Flugblatt mit den Beschlüssen des Kieler Soldatenrats vom 5. November nach Sonderburg. Toppf streicht die Namen von Artelt und Noske und setzt seinen eigenen Namen unter den Text, der sich deutlich auf Kieler Verhältnisse bezieht.
In Braunschweig besetzen Matrosen aus Kiel den Bahnhof, begeben sich in die Kasernen, „rissen," so berichtet die Weser Zeitung, „sämtliche hier garnisonierenden Truppenregimenter mit sich fort und bewogen auch die Polizei zur Übergabe."
Auch in Köln sind Kieler Matrosen maßgeblich an der Befreiung politischer Gefangener und an der Bildung eines Soldatenrats beteiligt.
Ganz Norddeutschland ist am Abend des 7. November in der Hand lokaler Arbeiter- und Soldatenräte.

Freitag, 8. November 1918

Das Reichsmarineamt in Berlin erklärt sich „mit kommissarischer Übernahme der Leitung der Marineangelegenheiten in Kiel durch Noske einverstanden".
Noske lässt alle Kommandanten und höheren Beamten der Intendantur zu sich kommen. Er will mit ihnen die Lage besprechen und sich ihrer Mitarbeit versichern. Er schreibt später: „Statt in prunkender Uniform waren alle Offiziere im Zivilrock erschienen. Mir war daran gelegen, eine persönliche Kränkung der Herren möglichst zu vermeiden. Dem zusam-

mengebrochenen System mochte ein Höchstmaß von Schuld nachgesagt werden. Die meisten Offiziere waren aber Opfer des Systems, in das man sie hineingepresst hatte. Sie hatten in den letzten Tagen Furchtbares erlebt und waren tief erschüttert." Noske zeigt Verständnis und verschafft sich damit Spielraum in den Verhandlungen mit den Vertretern der alten Ordnung: „Daß ich mit vollem Verständnis der Lage zu ihnen sprach, hat mir bei ihnen ein Vertrauen verschafft, ohne das eine Erledigung der Geschäfte unmöglich gewesen wäre. Wer nicht überflüssig wurde, blieb auf seinem Posten trotz vieler Widerwärtigkeiten, die in Kauf genommen werden mussten."
Um 18.30 Uhr kommen Vertreter des Stationskommandos und des Obersten Soldatenrats zusammen, um zu regeln, wie Offiziere und Mannschaften sich nun zueinander zu verhalten haben. Man geht noch ohne Ergebnis auseinander: „Wegen der Wiederteilnahme der Offiziere am Dienst hat eine Besprechung zwischen den Mitgliedern des Soldatenrats und einer Offiziersabordnung stattgefunden, die Beratungen werden Sonnabend fortgesetzt."
„Seit der Mitte der Woche überspülte die von Kiel ausgegangene revolutionäre Bewegung immer größere Gebiete Deutschlands", schreibt Bernhard Rausch. Und: „Am Freitag trafen Nachrichten aus Hannover, Frankfurt a.M., München, Magdeburg und vielen anderen wichtigen Plätzen Deutschlands ein, und es war nur noch eine Frage kürzester Zeit, dass Berlin fallen musste."

Sonnabend, 9. November 1918

In der Stadt herrscht Unruhe. Es ist das Gerücht im Umlauf, die Engländer würden die Stadt angreifen. Aber das geschieht nicht. Die Schiffe des III. Geschwaders kommen in die Kieler Förde zurück.
Um 10.00 Uhr kommen Konteradmiral Hans Küsel und die Korvettenkapitäne Wilhelm Hollmann und Willy Quaatz für die Offiziere und die Herren Popp, Artelt und Riefstahl für

den Soldatenrat zusammen, um „Richtlinien zwischen Offizieren und Soldatenräten" zu verabreden.

„In gemeinsamer Beratung zwischen dem Soldatenrat und den Vertretern der Offiziere ist folgendes vereinbart:

1. Offiziere, die sich mit den Maßnahmen des Soldatenrats einverstanden erklären, begrüßen wir in unserer Mitte. Es kommen nur solche in Betracht, die auf der Grundlage gemeinsamen, wechselseitig anerkannten Verständnisses für das Erfordernis des Augenblicks zu arbeiten fähig sind und das Vertrauen zu ihren bisherigen Untergebenen nicht verloren haben.
2. Offiziere, die diese Voraussetzungen nicht erfüllen, sind ihres Kommandos enthoben und werden der Station zur Verfügung gestellt.
3. Die Offiziere zu 1. geben schriftlich die bindende Erklärung ab, unter keinen Umständen der neuen Volksbewegung feindlich gegenüberzutreten.
4. Stellung der Offiziere im Dienst:
   a) Diese Kameraden sind nur im Dienst Vorgesetzte. Anrede in der dritten Person findet nicht statt.
   b) Sie tragen im Dienst die bisherige Uniform mit allen Abzeichen und Offiziersseitengewehr. Schusswaffen werden nicht getragen.
   c) Der Dienst wird im Einvernehmen mit dem Soldatenrat festgesetzt.
   d) Ein gegenseitiges Vorgesetztenverhältnis zwischen Offizier und Soldatenrat besteht nicht.
5. Stellung der Offiziere außer Dienst:
   a) Kein Vorgesetztenverhältnis, kein Grußzwang.
   b) Der Offizier muß auch in Uniform außer Dienst vor Belästigung sicher sein.

Erklärung: Im Interesse der Landesverteidigung und künftigen Demobilmachung, wie auch im Interesse der öffentlichen Sicherheit, erkläre ich hiermit ausdrücklich, unter keinen Umständen gegen die neue Volksbewegung etwas zu unternehmen. Falls Konflikte entstehen, die ich mit meinem Gewissen nicht vereinbaren kann, habe ich das Recht, vor dem Soldatenrat meine Erklärung schriftlich oder mündlich zurückzuziehen und mir dieses bescheinigen zu lassen."

Als provisorische Regierung für Schleswig-Holstein übernimmt der Kieler Arbeiterrat nicht die administrativen Geschäfte für die Provinz, sondern entsendet Beigeordnete in die Behörden der Provinzialverwaltung. Bernhard Rausch: „Eine vom Arbeiterrat eingesetzte Kommission erschien am Sonnabendvormittag 11 ¾ Uhr beim Oberpräsidenten von Schleswig-Holstein und teilte ihm mit, dass der Arbeiterrat als provisorische Regierung den Parteisekretär Kürbis als Beigeordneten zum Oberpräsidium delegiert habe. Der Oberpräsident v. Moltke erklärte, dass er der Macht nachgeben müsse, aber bereit sei, soweit es seine Pflicht und sein Gewissen erlauben, auf dem Boden der bestehenden Staats- und Rechtsgesetze unter Mitwirkung des Beigeordneten zu arbeiten."
Auf Alsen bricht Bruno Toppf erschöpft zusammen und tritt vom Vorsitz des Soldatenrats zurück. Er hatte in den Dörfern auf Alsen über die Revolution gesprochen. Gustav Noske erinnert sich später: „Einen Mann, der auf Alsen sein Wesen trieb, ließ ich zweimal ins Lazarett bringen, da er infolge Mangels an Schlaf ganz unzurechnungsfähig geworden war. Er brannte jedes Mal wieder durch. Zum drittenmal ließ ich ihn mir durch Bewaffnete vorführen und dann in Arrest sperren. Die Untersuchung ergab nicht, dass er ernste Straftaten verübt hatte. Daß er die Insel Alsen allein regieren wollte, war nur ein Ausfluß vorübergehender Verrücktheit." Hier mag Noskes Erinnerung getrübt sein: In den 66 Stunden, in denen Toppf auf Alsen agiert, kann er kaum von Kiel aus zweimal in ein Lazarett

eingewiesen werden. Der Volksmund nennt den Oberschneidergast Bruno Toppf „Präsident von Alsen". Er hat drei Tage regiert und dafür gesorgt, dass der Umbruch auf Alsen ohne Blutvergießen vonstatten ging.
In Berlin überschlagen sich die Ereignisse, die Revolution hat die Reichshauptstadt erreicht: Der SPD-Parteisekretär Otto Wels ruft den Generalstreik aus, denn am Tag zuvor hatte die Parteiführung sich Noskes Vorgehen in Kiel zum Maßstab genommen: „Jetzt heißt's sich an die Spitze der Bewegung stellen," so Philipp Scheidemann, „sonst gibt's noch anarchische Zustände im Reich." Er tritt um 10.00 Uhr als Staatssekretär zurück.
Gegen 12.00 Uhr erhält der Reichskanzler die telefonische Meldung aus Spa, der Kaiser habe sich zur Abdankung entschlossen. Das ist zu diesem Zeitpunkt noch nicht spruchreif und die schriftliche Bestätigung lässt auf sich warten. Max von Baden gibt die Nachricht von der Abdankung des „Kaisers und Königs" an die Presse, obwohl Wilhelm II. nur als deutscher Kaiser, nicht aber als König von Preußen abdanken wollte. Max von Baden überträgt – ohne dazu legitimiert zu sein – das Amt des Reichskanzlers auf den Sozialdemokraten Friedrich Ebert.
Kurz nach 13.00 Uhr sprechen sozialdemokratische Spitzenpolitiker, unter ihnen Friedrich Ebert und Philipp Scheidemann, mit Max von Baden und machen deutlich, dass sie ein Weiterbestehen der Monarchie nicht akzeptieren. Bis 14.00 Uhr verhandeln sie dann mit Vertretern der USPD über eine Regierungsbildung. Nun sitzt Scheidemann mit Friedrich Ebert im Speisesaal des Reichstagsgebäudes. Dort trifft die Nachricht ein, dass der Spartakusführer Karl Liebknecht vor aufgebrachten Massen eine Räterepublik nach sowjetischem Vorbild ausrufen wolle. Scheidemann will ihm zuvorkommen, um den Weg in die parlamentarische Republik vorzuzeichnen. Er begibt sich an ein Fenster des Parlamentsgebäudes und hält eine bewegende Rede, die später in variierenden Fassungen veröffent-

Abb. 17 9. November in Berlin: Philipp Scheidemann ruft die Republik aus.

2. Extraausgabe Sonnabend, den 9. November 1918.

Vorwärts

Berliner Volksblatt.

Zentralorgan der sozialdemokratischen Partei Deutschlands.

Der Kaiser hat abgedankt!

Der Reichskanzler hat folgenden Erlaß herausgegeben:

Seine Majestät der Kaiser und König haben sich entschlossen, dem Throne zu entsagen.

Der Reichskanzler bleibt noch so lange im Amte, bis die mit der Abdankung Seiner Majestät, dem Thronverzichte Seiner Kaiserlichen und Königlichen Hoheit des Kronprinzen des Deutschen Reichs und von Preußen und der Einsetzung der Regentschaft verbundenen Fragen geregelt sind. Er beabsichtigt, dem Regenten die Ernennung des Abgeordneten Ebert zum Reichskanzler und die Vorlage eines Gesetzentwurfs wegen der Ausschreibung allgemeiner Wahlen für eine verfassungsgebende deutsche Nationalversammlung vorzuschlagen, der es obliegen würde, die künftige Staatsform des deutschen Volk, einschließlich der Volksteile, die ihren Eintritt in die Reichsgrenzen wünschen sollten, endgültig festzustellen.

Berlin, den 9. November 1918. **Der Reichskanzler.**
Prinz Max von Baden.

Es wird nicht geschossen!

Der Reichskanzler hat angeordnet, daß seitens des Militärs von der Waffe kein Gebrauch gemacht werde.

Parteigenossen! Arbeiter! Soldaten!

Soeben sind das Alexanderregiment und die vierten Jäger geschlossen zum Volke übergegangen. Der sozialdemokratische Reichstagsabgeordnete Wels u. a. haben zu den Truppen gesprochen. Offiziere haben sich den Soldaten angeschlossen.

Der sozialdemokratische Arbeiter- und Soldatenrat.

Abb. 18 „Der Kaiser hat abgedankt!" Jetzt heißt es, Ruhe und Ordnung zu bewahren.

licht wird und in der er der Menge unter anderem zuruft: „Arbeiter und Soldaten, seid euch der geschichtlichen Bedeutung dieses Tages bewusst: Unerhörtes ist geschehen. Große und unübersehbare Arbeit steht uns bevor. Alles für das Volk. Alls durch das Volk. Nichts darf geschehen, was der Arbeiterbewegung zur Unehre gereicht. Seid einig, treu und pflichtbewusst. Das Alte und Morsche, die Monarchie ist zusammengebrochen. Es lebe das neue. Es lebe die deutsche Republik!"
Ebert ist verstimmt. Er wirft Scheidemann vor, eigenmächtig die künftige Staatsform Deutschlands bestimmt zu haben.
Philipp Scheidemann schreibt aus Berlin nach Kiel: „Lieber Noske! Halte weiter wacker aus. Hier bisher alles leidlich gegangen. Leider jetzt Minierarbeiten durch die U.S.P. Wir hoffen aber, doch noch alles zum Guten wenden zu können. Militär ausnahmslos zu uns übergegangen. Herzlichst Ph. Scheidemann."
Und aus Kiel wird ein Telegramm in die Welt gekabelt:
„An Alle und mit allen Mitteln.
An die Proletarier aller Länder!
‚Über der deutschen Flotte weht das rote Banner der Freiheit. Die politische Macht liegt in Deutschland in den Händen der Arbeiter und Soldaten. Unterstützt uns in unserem schweren Kampf. Morgen beerdigen wir die Opfer unseres Befreiungskampfes. Laßt es die letzten Opfer sein, es ist Blut genug geflossen.'

Mit sozialistischem Gruß
Der Arbeiterrat — Der Soldatenrat
Garbe — Popp"

Sonntag, 10. November 1918

Kaiser Wilhelm II. flieht aus Spa in die Niederlande. Er wird im Exil verbittert Holz hacken und die Hoffnung auf eine Rückkehr auf den Thron nicht aufgeben. Und er wird notieren: „Der

7. Extraausgabe Sonntag, den 10. November 1918.

Vorwärts

Berliner Volksblatt.

Zentralorgan der sozialdemokratischen Partei Deutschlands.

Die Einigung

zwischen den beiden sozialdemokratischen Parteien ist vollzogen.

Ebert Haase Scheidemann Dittmann Landsberg und Barth

werden die neue Regierung bilden.

An die Arbeiter- und Soldatenräte!

Das Volk muß verhungern, wenn der Bahntransport gestört wird. Das geschieht aber durch jeden Eingriff unzuständiger Stellen in den Bahnbetrieb und die Bahnverwaltung.

Gestern sind an verschiedenen Orten von Arbeiter- und Soldatenräten solche Eingriffe vorgenommen worden, z. B. in dem Betrieb von Rangierbahnhöfen und in die Kassenverwaltnng von Bahnstationen. **Das darf nicht wieder vorkommen!** Wiederholungen müssen zur Arbeitsverweigerung unserer braven Eisenbahner und zum Stillstand jedes geregelten Bahnverkehrs führen.

Berlin, am 10. November 1918.

(gez.) Ebe

Abb. 19 Der Machtwechsel ist vollzogen. In Berlin wird eine neue Regierung gebildet.

Kaiserin hat der Umsturz das Herz gebrochen. Sie alterte vom November 1918 an zusehends und konnte den körperlichen Leiden nicht mehr die frühere Widerstandskraft entgegenstellen. So begann bald ihr Siechtum."

In Berlin beginnt gegen 17.00 Uhr im Zirkus Busch die Vollversammlung der Berliner Arbeiter- und Soldatenräte. Sie bestätigt den „Rat der Volksbeauftragten" als provisorische Regierung. Er wird paritätisch besetzt, die SPD entsendet Friedrich Ebert, Philipp Scheidemann und Otto Landsberg, die USPD Hugo Haase – der Tage zuvor in Kiel gewesen ist, aber keine tragende Rolle gespielt hat -, Wilhelm Dittmann und Emil Barth. In den folgenden Wochen werden sich die beiden sozialdemokratischen Parteien immer wieder in die Haare geraten: Aus der Sicht der SPD ist die USPD ein schwer einzuschätzender Faktor. Die SPD setzt in erster Linie auf die Bewältigung der Schwierigkeiten, auf die Wahrung der Reichseinheit und die Stabilisierung der innenpolitischen Lage und nicht auf weitreichende gesellschaftspolitische Reformen. In der Nacht zum 29. Dezember werden die USPD-Volksbeauftragten bekanntgeben, aus der Regierung auszuscheiden. Gustav Noske wird in die Regierung eintreten und die Leitung des Ressorts Militär und Marine übernehmen.

Dem Gouvernement in Kiel jedoch werden am Sonntagnachmittag erst einmal die Bedingungen des Waffenstillstands übermittelt, die dem Deutschen Reich in den Verhandlungen im Eisenbahnwagen in Compiégne auferlegt worden waren. Am nächsten Tag können Einzelheiten mitgeteilt werden: Für Kiel bedeutet das vor allem, dass das III. Geschwader, einige kleinere Kreuzer, Torpedo- und Unterseeboote zu entwaffnen und so vorzubereiten seien, dass sie am 18. November zur Internierung abfahrbereit sein sollen.

Der Tag an der Förde steht allerdings unter dem Eindruck der Beerdigung der Revolutionsopfer: Schon am Vormittag strömen die Menschen aus den Häusern, sie säumen die Straßen, durch die der Leichenzug führen soll. Lothar Popp schreibt: „In

Abb. 20 Der Erste Weltkrieg ist zu Ende, …

Abb. 21 … deutsche U-Boote sind aus dem Mittelmeer zurück und machen am 29. November 1918 in Kiel fest.

Abb. 22–24 Revolutionärer Totenkult: In Kiel werden die Opfer der Revolution unter großer Anteilnahme der Bevölkerung aufgebahrt und bestattet.

Abb. 23

Abb. 24

langem Zuge, den vor allem die zahlreichen Abordnungen sämtlicher Marineformationen, alle mit roten Fahnen, das Gepräge gaben, folgten Zehntausende den Opfern der Revolution." Und: „Bei der Bestattung gedachte zunächst der Genosse Garbe als Vorsitzender des Arbeiterrates der Toten und würdigte die Größe und die historische Bedeutung ihres Opfertodes. Es war ein unendlich feierlicher und ewig unvergeßlicher Moment, als derselbe die von Herzen kommenden und zu Herzen gehenden Worte sprach. Im Namen des Soldatenrates wiederholte ich das an der Stätte, wo die Kameraden gefallen waren, vor 8 Tagen ausgesprochene Gelöbnis, auch unsererseits alles einzusetzen, um den völligen Sieg des Rechts und der Freiheit zu erringen, damit eine Welt entstehe, in der es nie wieder vorkomme, dass ein Mensch dem andern mit der Waffe entgegentrete. Im Namen beider sozialistischer Parteien, der Gewerkschaften und vieler Marineformationen wurden Kränze niedergelegt."

Abb. 25 Zivile Opfer der Revolution finden auf dem Kieler Eichhoffriedhof ihre letzte Ruhe, ...

Revolutionärer Totenkult als politische Manifestation und metaphysische Überhöhung der politischen Umwälzung wie 70 Jahre zuvor in Berlin. Der Journalist Bernhard Rausch erinnert sich: „Noch einmal hatte Kiel das leuchtende Farbenkleid der Revolution angelegt, als am Sonntag, den 10. November, in frischem Herbstsonnengold die Opfer des Straßenkampfes vom 3. November wie sonst nur die ganz Großen der Erde bestattet wurden. Was diese ersten Opfer der deutschen Revolution mit ihrem Blut erkauften, macht sie der Geschichte ewig unvergesslich. Noch über ihren offenen Gräbern war strahlend die Sonne einer neuen Zeit emporgestiegen." Und: „Was ist die Revolte des Jahres 1848 im Vergleich zu der grundstürzenden Umwälzung von 1918! Als der Zug der Märzgefallenen einst am Berliner Schloß vorbeizog, neigte sich ein schuldbeladenes gekröntes Haupt vor den für die Freiheit Gefallenen. Der einst das Wort von den vaterlandslosen Gesellen geprägt

Abb. 26 … Soldaten werden auf dem Nordfriedhof beerdigt.

hatte, hätte den Novembergefallenen des Jahres 1918 eine solche zweifelhafte Ehrung nicht mehr zuteil werden lassen können. Er war selbst ein landflüchtiger, vaterlandsloser Geselle geworden."

In Deutschland ist eine neue Zeit angebrochen. Die Republik von Weimar ist das Ergebnis der Revolution von 1918. Und die hatte in Kiel begonnen.

Quellen

Die wörtlichen Zitate sind im Wesentlichen entnommen aus:

- Wilhelm Brecour, Die sozialdemokratische Partei in Kiel, Kiel 1932. Neu herausgegeben von Jürgen Jensen, Zur Geschichte der Kieler Arbeiterbewegung, Kiel 1983.
- Bernhard Fürst von Bülow, Denkwürdigkeiten. Dritter Band „Weltkrieg und Zusammenbruch", insbes. 20.–23. Kapitel. Berlin 1931.
- Gustav Noske, Von Kiel bis Kapp – Zur Geschichte der deutschen Revolution. Berlin 1920.
- Gustav Noske, Erlebtes aus Aufstieg und Niedergang einer Demokratie. Offenbach 1947.
- Lothar Popp und Karl Artelt, Ursprung und Entwicklung der Novemberrevolution 1918. Kiel o.J. (1918). Neu herausgegeben von Jürgen Jensen, Zur Geschichte der Kieler Arbeiterbewegung, Kiel 1983.
- Bernhard Rausch, Am Springquell der Revolution. Kiel 1918. Neu herausgegeben von Jürgen Jensen, Zur Geschichte der Kieler Arbeiterbewegung, Kiel 1983.
- Joachim Ringelnatz, Als Mariner im Krieg. Zürich 1994.
- Philipp Scheidemann, Der Zusammenbruch. Berlin 1921.
- Philipp Scheidemann, Memoiren eines Sozialdemokraten. Erster Band, Dresden 1928.
- Jules Verne in Schleswig-Holstein – Bericht von Paul Verne, herausgegeben von Frank Trende. Husum 2005.
- Wilhelm II., Ereignisse und Gestalten aus den Jahren 1878–1918. Leipzig und Berlin 1922.

Literatur

- Helga Bemmann, Daddeldu, ahoi! Leben und Werk des Dichters, Malers und Artisten Joachim Ringelnatz. Frankfurt/M. 1982.
- Eduard Bernstein, Die deutsche Revolution von 1918/19 – Geschichte der Entstehung und ersten Arbeitsperiode der deutschen Republik. Herausgegeben und eingeleitet von Heinrich August Winkler. Bonn 1998.
- Ernst-Wolfgang Böckenförde, Der Zusammenbruch der Monarchie und die Entstehung der Weimarer Republik. In: Karl Dietrich Bracher/ Manfred Funke/ Hans-Adolf Jacobsen, Die Weimarer Republik 1918 – 1933 – Politik – Wirtschaft – Gesellschaft, S. 17–43. Bonn 1987.
- Hans-Heinz Brandt, Der Freiheit eine Gasse – Erste demokratische Anfänge 1918 bis 1921 im Landkreis Oldenburg in Holstein. In: Demokratische Geschichte – Jahrbuch zur Arbeiterbewegung und Demokratie in Schleswig-Holstein, Band II, S. 117–161. Kiel 1987.
- Eckhard Colmorgen/ Bernhard Liesching, Ein Denkmal der Novemberrevolution 1918 in Kiel. In: Demokratische Geschichte – Jahrbuch zur Arbeiterbewegung und Demokratie in Schleswig-Holstein, Band III, S. 241–258. Kiel 1988.
- Dirk Dähnhardt, Revolution in Kiel. Neumünster 1978.
- Dirk Dähnhardt, Von der Meuterei zur Revolution. Kiel als Ausgangspunkt der Novemberrevolution 1918. In: Gerhard Paul/ Uwe Danker/ Peter Wulf, Geschichtsumschlungen. Sozial- und kulturgeschichtliches Lesebuch Schleswig-Holstein 1848–1948, S. 133–140. Bonn 1996.
- Uwe Danker, Vom Matrosenaufstand in Kiel zur Deutschen Revolution 1918/19. In: Göttrik Wewer (Hg.), Demokratie in Schleswig-Holstein – Historische Aspekte und aktuelle Frage, S. 175–196. Opladen 1998.
- Uwe Danker, Von der „Hydra des Aufruhrs" zum „Sieg der Freiheit" – Kiels Signal zur Deutschen Revolution 1918/19. In: Ders., Die Jahrhundertstory. Band 2, S. 168–187. Flensburg 1999.
- Wilhelm Deist, Kiel und die Marine im Ersten Weltkrieg. In: Jürgen Elvert/ Jürgen Jensen/ Michael Salewski (Hg.), Kiel, die Deutschen und die See, S. 143–154. Stuttgart 1992.

- Frank Dingel, Die Revolution in Deutschland. In: Kat. Revolution und Fotografie Berlin 1918/19 der Ausstellung der Neuen Gesellschaft für Bildende Kunst., S. 26–64. Berlin 1989.
- Harald Eschenburg, Prinz Heinrich von Preußen – Der Großadmiral im Schatten des Kaisers. Heide/ H. 1989.
- Julius Geise, Revolution oder Meuterei. In: Kieler Nachrichten Nr. 258 vom 3. November 1988, S. 37.
- Sebastian Haffner, Die deutsche Revolution 1918/ 1919. München 1979.
- Edward Hoop, November 1918 – Die Revolution in Rendsburg. In: Demokratische Geschichte – Jahrbuch zur Arbeiterbewegung und Demokratie in Schleswig-Holstein, Band III, S. 269–275. Kiel 1988.
- Robert Huhle, Der Präsident. In: Demokratische Geschichte – Jahrbuch zur Arbeiterbewegung und Demokratie in Schleswig-Holstein, Band II, S. 163–171. Kiel 1987.
- Erich Matthias, Zwischen Räten und Geheimräten – die deutsche Revolutionsregierung 1918/19. Düsseldorf 1970.
- Ernst Prinz, Die Revolution in Kiel 1918. In: Mitteilungen der Gesellschaft für Kieler Stadtgeschichte Bd. 58 (1968-1971). S. 130–135.
- Michael Salewski, Feuer aus den Kesseln: das ungeliebte Revolutionsdenkmal am Kleinen Kiel. In: Werner Paravicini (Hg.), Begegnungen mit Kiel – Gabe der Christian-Albrechts-Universität zur 750-Jahr-Feier der Stadt, S. 103–105. Neumünster 1992.
- Helmut Schmersal, Philipp Scheidemann 1865–1939 – Ein vergessener Sozialdemokrat. Frankfurt/ M. 1999.
- Rolf Schulte, Revolution in der Provinz: Eckernförde 1918/19. In: Demokratische Geschichte – Jahrbuch zur Arbeiterbewegung und Demokratie in Schleswig-Holstein, Band II, S. 93–114. Kiel 1987.
- Hagen Schulze, Weimar – Deutschland 1917–1933. Für die Sammlung Siedler durchgesehene und auf den neuen Stand gebrachte Ausgabe. Berlin 1994.
- Carl-Heinrich Seebach, Das Kieler Schloss. Neumünster 1965.
- Frank Trende, Philipp Scheidemann (1865–1939) In: Demokratische Geschichte – Jahrbuch zur Arbeiterbewegung und Demokratie in Schleswig-Holstein, Band III, S. 457–459. Kiel 1988.

- Frank Trende, Reichskanzler Philipp Scheidemann und der „wunderbare Lebensgang eines Dithmarscher Kindes“. In: Zeitschrift Dithmarschen 4/2000, S. 105–109.
- Frank Trende, Historische Orte erzählen Schleswig-Holsteins Geschichte. Heide/H. 2004.
- Frank Trende, Friede den Schiffen – Krieg den Palästen. In: mare – Die Zeitschrift der Meere, No. 69, August/September 2008, S. 56–61.
- Wolfram Wette, Gustav Noske: Eine politische Biographie. Hg. vom Militärgeschichtlichen Forschungsamt. Düsseldorf 1987.
- Wolfgang Wette, Die Revolution in Kiel 1918. In: Jürgen Jensen und Peter Wulf (Hg.), Geschichte der Stadt Kiel. Neumünster 1991. S. 287–294. Nochmals in: Schleswig-Holsteinische Erinnerungsorte, hrsg. von Carsten Fleischhauer und Guntram Turkowski. Heide 2006. S. 58–67.

Dank

Für freundlich gewährte Hinweise und Hilfestellungen danke ich Dr. Doris Tillmann, Ulrich Dagge und Kerstin Dronske, Stadtmuseum Warleberger Hof, Kiel, Kathi Rumlow, Bildarchiv des Deutschen Historischen Museums, Berlin, und Dr. Jann Markus Witt, Marineehrenmal Laboe des Deutschen Marinebunds. Für freundschaftliche Ratschläge danke ich Dr. Jürgen Jensen, Kiel.

Personenverzeichnis

Adler, Eduard, SPD Kiel 45; *Artelt, Karl,* Matrose, Vors. des Obersten Soldatenrats Kiel 19, 21–23, 26, 29 f., 35, 44, 52f., 65 f.; *Baden, Prinz Max von,* Reichskanzler 11, 21, 27, 54, 59, 69; *Bartels, Rudolf,* Kapitän z. S. Kommandeur I. Torpedo-Division 26; *Barth, Emil,* USPD-Politiker 74; *Beseler, Wilhelm Hartwig,* Advokat, Politiker, Mitglied der provisor. Regierung 63; *Bötticher, Hans Gustav* siehe Ringelnatz, Joachim; *Broy*, Bootsmannsmaat 30; *Busch, Ernst*, Schauspieler, Sänger, Regisseur 22 f., 25; *Classen, J.*, USPD Kiel 30; *Dittmann, Wilhelm*, USPD-Politiker 74; *Ebert, Friedrich*, SPD-Vorsitzender 69, 72, 74; *Ehle*, Obermatrose 30; *Erzberger, Matthias*, Mitglied des Reichstags (Zentrum) 27; *Falck*, stellvertr. Kommandierender General IX. Armeekorps 27 f.; *Fischer*, Matrose 30; *Garbe, Gustav*, Gewerkschaftssekretär, Vors. des Arbeiterrats Kiel 21, 36, 72; *Haase, Hugo*, Vorsitzender der USPD 40, 74; *Haberger*, Genossin 23, *Haussmann, Conrad*, Mitglied des Kabinetts Max von Baden 28 f., 35 f., 40, 50, 55; *Heine, Wilhelm*, Kapitän zur See, Stadtkommandant Kiel 19, 25, 47; *Prinz Heinrich*, Großadmiral, Befehlshaber der Seestreitkräfte Ostsee 48 f.; *Hollmann, Wilhelm*, Korvettenkapitän 66; *Kaiser Wilhelm II.*, 11, 69, 72; *Köbis, Albin*, Matrose 15; *Kraft, Hugo*, Vizeadmiral, Geschwaderchef 15, 20, 30 f.; *Kürbis, Heinrich*, Bezirksvorsitzender der SPD, Oberpräsident 21, 63, 68; *Küsel, Hans*, Konteradmiral, Chef des Stabes Station Ostsee 19, 66; *Landsberg, Otto*, Mitglied des Reichstags (SPD) 74; *Ledebour, Georg*, Mitglied des Reichstags (USPD) 40; *Liebknecht, Karl*, Spartakusbund 58, 69; *Lindemann, Paul*, Oberbürgermeister Kiel 45; *Mann, Ritter Ernst von*, Staatssekretär im Reichsmarineamt 18, 27, 50, 54; *Moltke, Friedrich von*, Oberpräsident 68; *Noske, Gustav*, Mitglied des Reichstags (SPD), Vorsitzender des Soldatenrats Kiel, Gouverneur 25, 28 f., 31, 35 f., 49, 51–56, 58 f., 61, 63, 65 f., 68, 72, 74; *Payer, Friedrich von*, Vizekanzler 53; *Podolski*, Heizer 30; *Poller, Wilhelm*, SPD Kiel 30, 63; *Popp, Lothar*, Mitglied der Kieler USPD, Vorsitzender des Obersten Soldatenrats Kiel 19, 22 f.; 30; 36, 44, 56, 58, 66, 72, 74; *Prinz, Ernst*, Architekt, Kieler Ordnungsbund 46; *Quaartz*, Korvettenkapitän 66; *Rausch, Bernhard*, Chefredakteur Volkszeitung 30, 44, 50, 63, 66, 68, 78; *Reichpietsch, Max*, Matrose 15; *Riefstahl*, Vorsitzender Oberster Soldatenrat Kiel 66; *Ringelnatz, Joachim*, Schriftsteller, Kabarettist 57, 58; *Schaaf*, Heizer 30; *Scheer, Reinhard*, Admiral, Chef des Admiralstabs 11; *Scheidemann, Philipp*, Rat der Volksbeauftragten 11, 21, 28, 50 f., 72, 74; *Scheüch, Heinrich*, preußischer Kriegsminister 27, 50; *Souchon, Wilhelm*, Vizeadmiral, Gouverneur Kiel 19, 21, 25, 27–30, 44, 55, 58 f., 61, 63; *Steinhäuser, Oskar*, Leutnant d.R. 23, 25; *Stubbe, Heinrich*, Mitglied des Reichstags (SPD) 20, *Toppf, Bruno*, Militärschneider, Soldatenrat Sonderburg 57, 65, 68, 69; *Trotha, Adolf von*, Konteradmiral, Chef des Stabes der Seekriegsleitung 14; *Verne, Jules*, frz. Schriftsteller 15; *Verne, Paul*, Bruder des frz. Schriftstellers Jules V. 16; *Wels, Otto*, SPD-Parteivorstand 69.

Abb. 27 (Seite 86/87) Die monumentale Plastik „Wik“ aus Stahl und Granit von Hans-Jürgen Breuste erinnert seit 1982 im Ratsdienergarten an den Kieler Matrosenaufstand.

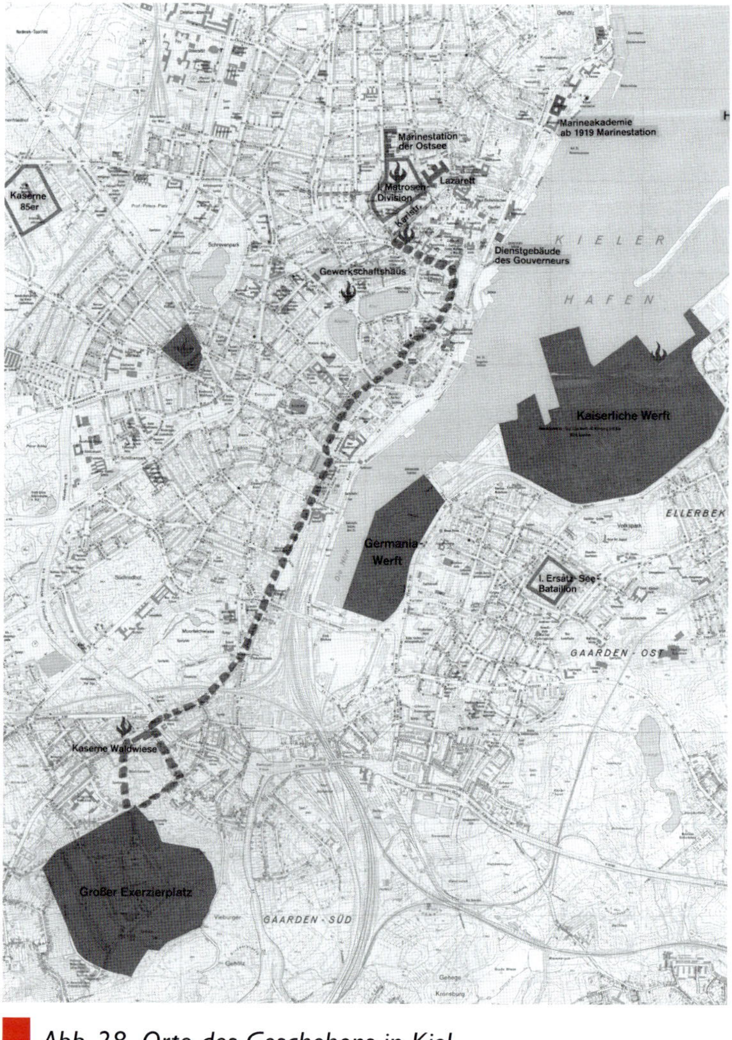

Abb. 28 Orte des Geschehens in Kiel.

Robert Habeck und Andrea Paluch

Neunzehnachtzehn

Ein Schauspiel

(Uraufführung durch das Theater Kiel
im Dezember 2008)

Personen

Luise Hinrichsen	(19), Tochter von Thomas Hinrichsen
Fritz Kemp	(23), Freund von Luise
Thomas Hinrichsen	(55), Luises Vaters und Gewerkschaftsfunktionär
Karl Teise	Fritz' Freund
Dirk Sebag	Matrose
Robert Schröder	Matrose
2 Matrosen	
Gustav Noske	SPD-Reichstagsabgeordneter und Marinereferent der Fraktion
Conrad Haussmann	linksliberaler Staatssekretär
Gouverneur Souchon	Stadtkommandant in Kiel
Wilhelm Heine	Kapitän zur See, Stadtkommandant
Prinz Heinrich	Bruder des Kaisers und Oberbefehlshaber der Ostseestreitkräfte
Hugo Kraft	Chef III. Geschwader
Rudolf Bartels	Kapitän zur See, Divisionskommandeur

I.

Luise und ihr Vater Thomas in einem Zimmer der Familie Hinrichsen, kärglich eingerichtet, an der Wand hängt ein Uniformrock samt Bajonett. Luise näht den Saum ihres Kleides, ohne es ausgezogen zu haben.

Thomas: Deine Mutter hats immer ausgezogen. Hat nie genäht, wenn sie es an hatte. Hab ich nie gesehen.
Luise: Ich geh nachher noch weg.
Thomas: Darf man fragen, wohin.
Luise: Molfsee.
Thomas: Molfsee. Da sind die Offiziere. Das gefällt mir nicht.
Luise: Ich geh mit Fritz.
Thomas: Das gefällt mir noch weniger.
Luise: Steh mal auf.
Thomas: Was?
Luise: Ich will dir was zeigen.

Thomas steht auf. Luise steckt sich die Nadel in den Saum, steht auf, stellt sich vor ihren Vater und nimmt ihn bei den Händen. Tanzstellung. Sie summt ein Lied, tanzt mit ihrem Vater. Er lässt sich das gefallen.

Luise: Foxtrott. Ist ganz neu. Vor, vor, Wechselschritt, rück, rück… Genau.
Thomas: Foxtrott?
Luise: Das ist Englisch. Fuchsgang.
Thomas: Füchse sind hinterlistig …

Sie tanzen noch weiter. Obwohl er zunächst Gefallen daran zu haben scheint, stoppt Thomas plötzlich und schiebt Luise weg. Er setzt sich wieder.

Thomas: Gefällt mir trotzdem nicht. In Molfsee sind die Offiziere.
Luise: Na und? Du findest sie sonst doch so toll. Hier. Großvaters olle Uniform. Wie ein Hirschgeweih!
Thomas: Nicht weil es Offiziere sind … weil es Männer sind.
Luise: Ich bin 19.
Thomas: Eben.
Luise: Fritz passt auf.
Thomas: Fritz …

Thomas geht ans Fenster und schaut hinaus. Er öffnet es. Man hört die Rufe von Demonstranten.

Thomas: Es kommen immer mehr rüber.
Luise: Von Gaarden?
Thomas: Von der Werft. Die Dampfer sind rappelvoll.
Luise: Fritz wollte auch mitgehen.
Thomas: Fritz …

Plötzlich Schüsse. Luise läuft ans Fenster. Thomas zieht sie weg. Wieder Schüsse. Thomas schließt das Fenster, steht im Zimmer. Unschlüssig. Dann packt er seinen Mantel.

Thomas: Du gehst nicht nach Molfsee.

Er geht aus dem Zimmer und schließt Luise von außen ein. Luise geht an das Fenster, öffnet es. Jetzt Schreie. Erneut Schüsse.

Luise (ruft): Fritz! Fritz!

Sie geht zur Tür, rüttelt daran.

Luise: Verdammt.

Sie blickt sich im Zimmer um. Dann nimmt sie das Bajonett von der Wand, presst es zwischen Schloss und Türrahmen und sprengt die Tür auf. Sie nimmt ihre Jacke, zögert einen Moment und steckt das Bajonett dann in die Jackentasche.

2.

Ein Raum im Gewerkschaftshaus. Fritz, Karl und Dirk stehen um ein Hektographie-Gerät. Sie drucken Flugblätter: „Kameraden, schießt nicht auf eure Brüder! Arbeiter, demonstriert in Massen, lasst die Soldaten nicht im Stich!"

Karl: Noske kommt aus Berlin.

Die Tür fliegt auf. Luise kommt herein, sieht Fritz, fällt ihm um den Hals.

Fritz: Na, na, Mädchen.
Luise: Gott sei Dank!
Karl: Was für 'ne Karriere, vom Schweißer zum Gott.
Luise: Warst du nicht in der Brunswiker Straße?
Fritz: Dann hätt' ich dich abgeholt.

Luise nimmt ein Flugblatt.

Luise: Wisst ihr's denn nicht? Es ist geschossen worden. Acht oder neun Tote. Viele Verletzte.
Karl: Was?
Luise: Brunswiker Straße.
Fritz: Das ist ja bei Dir um die Ecke.
Luise: Ist Vater nicht hier?
Dirk: Die wollten zum Arresthaus. Da sind die Gefangenen.

Fritz *(zu Dirk)*: Wusstest Du das? Mann – und wir drucken hier dämliche Flugblätter.

Fritz reißt die Jacke vom Stuhl. Karl und Dirk nehmen sich eilig jeweils einen Stapel Flugblätter, drücken auch Luise einen Stapel in die Hand. Sie wollen aus der Tür, aber Thomas kommt herein und drängt sie zurück.

Thomas: Noske kommt. – (zu Luise) Was machst du hier?
Luise: Ich bin deine Tochter.

Thomas blickt sich um, begreift erst jetzt die Situation.

Thomas: Wo wollt ihr hin?
Fritz: Zum Wilhemsplatz.
Thomas: Nichts da. Das ist kein Tanzvergnügen. Das ist ein Bürgerkrieg.
Fritz: Revolution ist das.
Thomas: Wir sind hier in Deutschland. Hier gibt es keine Revolution.
Fritz: Sozialdemokrat!
Thomas: Noske kommt!
Fritz: Noch einer!
Karl: Warum überhaupt?
Fritz: Und jetzt lass mich vorbei!

Fritz boxt Thomas weg, der sackt gegen die Wand, Fritz ab.
Luise springt zu ihrem Vater, hilft ihm auf. Auch Dirk und Karl beugen sich über ihn.

Thomas: Fritz …
Luise: Da hat er sein Leben drauf gewartet.
Dirk: Geht's?

Sie setzen Thomas an einen Tisch.

Karl: Warum kommt Noske?
Dirk: Will Berlin unsere Forderungen erfüllen? Kommen die Gefangenen frei?
Thomas: Ich weiß nicht, was die in Berlin machen. Der Kaiser hat Berlin verlassen.
Karl: Sein Bruder ist noch hier. Nur zwei Steinwürfe entfernt... vielleicht sollten wir ihn ... als Faustpfand.
Thomas: Auf keinen Fall. Das gehört sich nicht. Wir brauchen Noske. Du und du – wie heißt du? –
Dirk: Dirk.
Thomas: Holt ihn vom Bahnhof ab.
Luise: Ich geh mit.
Thomas: Auf keinen Fall.

Alle drei ab.

3.

Zimmer in der Seeburg. Souchon, Heine und Prinz Heinrich.

Prinz Heinrich: Es wurde geschossen.
Heine: Wir haben das im Griff.
Prinz Heinrich: Waren das Ihre Leute?
Heine: Ich weiß es nicht.
Prinz Heinrich: Und woher wissen Sie dann, dass sie es im Griff haben?
Souchon: Wir hätten es verhindern müssen.
Prinz Heinrich: Dass geschossen wird?
Souchon: Dass Ihr Bruder, Hoheit, uns seine meuternde Flotte auf den Hals schickt. Kiel ist ein Pulverfass. Es ist eine Stadt für den Krieg gebaut und der Krieg hat sie ausgelaugt. Kiel ist ein Pulverfass. Und mitten hinein kommen jetzt die Meuterer.

Heine: Nur, weil sie nicht den Mumm gehabt haben, sie an die Wand zu stellen.
Prinz Heinrich: Waren das die Schüsse?
Heine: Leider nein. Aber ich sage Ihnen, in Wilhelmshaven haben sie vielleicht keine Ehre mehr und keinen Anstand, hier werde ich für Disziplin sorgen.
Souchon: Heine, so kommen wir nicht weiter. Die Marienführung hat entschieden, trotz meiner Eingaben. Die Flotte kommt den Kaiser-Wilhelm-Kanal rauf. Was wollen Sie machen? Die Schiffe versenken? Nein, wir müssen sehen, dass wir mit ihnen reden. Meuternde Soldaten kann man erschießen. Eine ganze Stadt nicht.
Heine: Haben Sie Angst, Souchon?
Prinz Heinrich: Wenn geschossen wird, in der Stadt …

Kraft tritt ein.

Kraft *(salutiert)*: Meine Herrn, kaiserliche Hoheit! Vizeadmiral Kraft, Kommandeur des III. Geschwaders.
Souchon: Schon hier?
Kraft: Zu Befehl.
Prinz Heinrich: Haben Sie die Schüsse gehört?
Kraft: Ich habe nicht geschossen. Habe bei Durchfahrt durch die Schleuse Holtenau 47 Rädelsführer der SMS „Markgraf" in Eisen legen lassen und Kommandantur übergeben. Keine Schüsse, kein Widerstand.
Souchon: Wo sind sie hingekommen?
Kraft: Arrestanstalt Karlstraße.
Heine: Da kamen die Schüsse her.
Souchon: Mitten in die Stadt …

4.

Zimmer im Legienhof. Die Tür fliegt auf. Karl, Fritz, Luise, Noske und Haussmann treten ein. Fritz hat ein rotes Stück Tuch im obersten Knopfloch.

Luise: Das ist Noske.
Noske: Gustav Noske. Reichstagsabgeordneter und Marinereferent der sozialdemokratischen Fraktion.
Thomas: Thomas Hinrichsen. Vorsitzender des Arbeiterrates. Mehrheitssozialdemokrat.
Haussmann: Conrad Haussmann, Staatssekretär.
Fritz: Der hat gar nichts zu melden. Der ist von den Liberalen. Der ist Geschichte.
Noske *(zu Fritz)*: Und Sie sind?
Luise: Das ist mein Verlobter.
Thomas: Fritz …
Fritz: Fritz Kemp. USPD. Ich arbeite auf der Werft und habe zum Generalstreik aufgerufen.
Noske: Generalstreik. Wird er befolgt?
Karl: So ist es. Und das gesamte III. Geschwader befindet sich im Ausstand. Wir haben uns bewaffnet. Wir haben die Truppen entwaffnet, U-Boot-Division, Germaniawerft, Torpedowerkstatt haben sich solidarisiert. Die Stadt befindet sich unter unserer Kontrolle.
Noske: Auf dem Bahnhof ist der Teufel los. Die Matrosen schubsen sich von den Bahnsteigen, wenn die Züge einlaufen.
Luise: Sie wollen nach Hause.
Fritz: Sie wollen die Revolution nach Berlin tragen.
Noske: Der Zug ging nicht nach Berlin. Er ging nach Neumünster.
Fritz: Auch da ist Revolution.
Noske: Kontrolle sieht anders aus. Und als ich vorhin auf dem Wilhelmsplatz war und eine Rede gehalten hab, -
Fritz: Du hast die Rede gehalten? Auf dem Wilhelmsplatz?

Luise: Er musste. Sie haben ihn vom Bahnhof geradezu mitgerissen. Und ab ins Auto und auf den Wilhelmsplatz. Und er hat gesagt, dass dies ein historischer Moment ist und die Zeiten unsicher und keiner weiß, was der Morgen bringt. Und deshalb muss man Ruhe bewahren. Und dann fielen die Schüsse.
Thomas: Was für Schüsse?
Luise: Schüsse eben. Irgendeiner hat in der Gegend rumgeballert. Und alle sind weg. Da war der Noske noch gar nicht richtig fertig. „Ruhe und Ordnung" hat er gesagt und dann brüllte und rannte alles durcheinander.
Noske: Das meine ich …
Luise: Ich hab einen gesehen, der hatte das ganze Gesicht voll Glassplitter, weil er vor einer Scheibe stand, in die geschossen worden war. Erikas Eisenkram. Kennst du doch Vater, da wo ich immer die Nägel hole. Nur die Matrosen sind gleich in Deckung an die Hauswände. Und gleich das Gewehr in den Anschlag, als ob Engländer gelandet wären. Da hat man gesehen, was die so geübt haben in den letzten fünf Jahren.
Fritz: Wieso warst du da?
Thomas: Kiel ist total überfüllt. Alles voller Truppen. Wie ein Heerlager. Das wird böse enden. Und jetzt noch das III. Geschwader.
Luise: Ich sollte ihn abholen.
Thomas: Du solltest was?
Noske: Sie hat uns dann den Weg hierher gezeigt. Ohne sie wären wir nicht hier.
Fritz: Und das wäre schlimm?

Noske starrt Fritz an. Der erwidert den Blick.

Haussmann: Haben Sie mit dem Gouverneur verhandelt?
Fritz: Du halt's Maul!
Thomas: Souchon ist seit vorgestern Gouverneur und erst seit drei Tagen in Kiel. Er hat keine Ahnung … Das Heerlager. Die Leute haben Hunger.

Noske: Ich hab auch Hunger. Und ich bin noch keine drei Stunden in Kiel. Wir gehen zu Souchon.
Fritz: Wozu soll das gut sein?
Noske *(hält ein Flugblatt hoch)*: Damit Soldaten nicht auf Arbeiter schießen.

5.

Fritz und Karl beim Pinkeln.

Fritz: Noske verrät uns. Ich trau ihm keinen Meter. Der ist Sozialdemokrat.
Karl: Letztlich ist er einer von uns. Ein Arbeiter. Dreher? Ist er nicht Dreher?
Fritz: Korbmacher.
Karl: Nicht das schlechteste.
Fritz: Der sitzt seit 12 Jahren im Reichstag. Das ist ein Politiker. Der ist keiner von uns.
Karl: Er hat Erfahrung. Er weiß, was man so tun muss.
Fritz: Du hast doch auf der „Bayern" gesprochen. Und ich auf dem Exerzierplatz. Sie haben geklatscht. Wir wissen auch, was zu tun ist.
Karl: Weil sie nach Hause wollen. Weil sie was zu fressen wollen. Die wollen auch keine Politik. Die wollen keine Revolution.
Fritz: Dann sind sie ja bei Noske richtig.
Karl: Genau das sag ich doch.

Fritz zieht das Bajonett von Luise raus.

Fritz: Eins sag ich dir. Wenn der mir noch einmal dumm kommt, dann … Es gibt andere Revolutionen. Da hat man solche wie ihn an die Wand gestellt, da war der Fall erledigt.

Karl: Wo hast du das denn her?
Fritz: Geht dich nichts an.

6.

Noske, Luise, Haussmann, Fritz, Dirk, Karl, Thomas stehen in einer Halle. Souchon, Heine, Kreft, Bartels treten ein. Die Offiziere salutieren. Thomas salutiert zurück.

Souchon: Ich danke Ihnen, dass sie die Courage aufgebracht haben, herzukommen.
Noske: Gustav Noske aus Berlin. *(Will die Hand geben).*
Fritz: Bevor wir in Verhandlungen eintreten, erkennen sie uns als die von den Soldaten und Arbeitern gewählten Vertrauensleute an?
Heine: Natürlich nicht. Sie sind Soldaten. Da gibt's nur eine Form der Wahl. Kaiser oder Tod. Darauf haben Sie geschworen.
Fritz: Ich warne Sie, Genosse Heine, Sie verkennen die Lage. Der neue Souverän ist das Volk. Und nun haben Sie die Wahl zwischen Volk und Tod.

Heine will seinen Degen ziehen. Fritz greift in seine Jackentasche.

Noske: Meine Herrn – bevor wir uns umbringen, wollen wir uns nicht wenigstens einander vorstellen?

Heine und Fritz werden von je ihrer Gruppe zurück gehalten. Bartels richtet sich auf und nimmt die Hand vom Degen. Doch Fritz kommt ihm zuvor.

Fritz: Fritz Kemp. Matrose des deutschen Ostasiengeschwaders. Maschinenbauer auf der Germania-Werft. Gefreiter der

Matrosendivision. Jetzt Torpedodivision und Spezialist auf der Torpedowerft in der Wik. Letztes Jahr wegen revolutionärer Tätigkeit unter den Matrosen und Werftarbeitern zu sechs Monaten Festungshaft in Oberschlesien verurteilt.
Thomas: Fritz.
Souchon: Wilhelm Souchon, Vizeadmiral. Gouverneur von Kiel.
Heine: Wilhelm Heine. Kapitän zur See, Stadtkommandant von Kiel.
Bartels: Rudolf Bartels, Kapitän zur See. Kommandeur der I. Torpedodivision – und Ihr Vorgesetzter!
Fritz: … gewesen …
Heine: Wissen Sie, was Befehl und Gehorsam sind?
Fritz: Ich war in Flandern. Ich bin durch das Blut meiner Kameraden geschwommen. Ich habe den Tod in den Armen gehalten wie ein schreiendes Kleinkind. All das wegen Befehl und Gehorsam … Genosse Heine.

Luise geht zu Fritz und schmiegt beide Arme um ihn.

Kraft: Hugo Kraft. Vizeadmiral. Geschwaderchef.
Haussmann: Conrad Haussmann, Staatssekretär der neuen Regierung um Max von Baden.
Thomas: Thomas Hinrichsen. Vorsitzender des Arbeiterrates. Mehrheitssozialdemokrat.
Karl: Karl Teise, Unabhängige Sozialdemokraten, Vertrauensmann.
Dirk: Dirk Sebag, Matrose auf der „König“.
Luise: Luise Hinrichsen. Ich geh zur Hauswirtschaftsschule im Langen Segen. Ich bin Fritz' Verlobte.
Souchon: Ich erkenne Sie hiermit als Verhandlungsführer der aufständischen Matrosen an.
Karl: … und Arbeiter…
Souchon: Bitte?
Karl: … der aufständischen Matrosen und Arbeiter…

Souchon: Auch das. Bitte. Setzen Sie sich. Möchten Sie was trinken?

Alle setzen sich.

Fritz: Danke nein.
Hausmann: Vielleicht sollte ich beginnen und feststellen, dass aus Sicht der neuen Regierung unter Prinz Max von Baden der ganze Aufstand auf einem Missverständnis beruht. Niemand, ich betone niemand, hatte vor, die deutsche Hochseeflotte auslaufen zu lassen und in die Themse zu schicken, um sie gegen die Engländer kämpfen und untergehen zu lassen. Da geb' ich Ihnen mein Ehrenwort.
Fritz: Ach, aber der Befehl zum Auslaufen wurde doch gegeben.
Bartels: … nicht wir, die Engländer wären untergegangen.
Kraft: Das weiß ich als Geschwaderchef vermutlich besser. Der Befehl zum Auslaufen bezog sich nur auf ein Manöver.
Noske (räuspert sich)
Heine: Bitte, Herr Noske?
Noske: Es ist müßig, sich mit der Vergangenheit zu beschäftigen. Die Gegenwart fordert all unsere Aufmerksamkeit. Etwas Altes geht zuende. Aber das Neue hat noch nicht begonnen. Wir befinden uns mitten in einer Zeit des Übergangs. Aber wir, meine Herren – und meine Dame *(Luise neigt den Kopf kokett)* – gestalten den Übergang. Wir haben die Pflicht, ihn zu gestalten.
Souchon: Ich bin ihnen dankbar, Herr Noske. In der Tat ist die Lage alles andere als übersichtlich. Die Stadtkommandantur ist überfordert.
Heine: Unerhört.
Souchon *(zu Heine, scharf)*: Wir haben heute Mittag Stadtalarm ausgelöst und alle Matrosen auf ihre Schiffe beordert. Aber nur die Hälfte ist dem Aufruf gefolgt, dafür hat nun wirklich jeder in Kiel begriffen, dass etwas im Gange ist. Dämlicher hät-

ten wir die Sache nicht anstellen können. Und das, weil Sie, meine Herren, mir sagten, sie hätten ihre Truppen und die Lage unter Kontrolle. Weil Sie zu feige waren, mir und sich einzugestehen, dass die Truppen Ihnen nicht mehr gehorchen.
Heine: Truppen aus Neumünster sind gekommen.
Souchon: Sie wurden entwaffnet oder haben sich den Meuterern angeschlossen.
Fritz: Ecke Brunswiker wurde auf einen Demonstrationszug geschossen. Gestern wurde das Gewerkschaftshaus von der Polizei umstellt. Kameraden sind verhaftet worden.
Heine: Ja. Und der Pöbel hat versucht, sie mit Gewalt aus dem Arrest zu befreien. Deshalb wurde geschossen. Und ihre Leute sind keine Engel. Das kann ich Ihnen sagen. Es sind auch Polizisten gestorben. Meine Leute.
Fritz: Und das werden nicht die letzten sein. Die Zerschlagung des Militarismus und die Beseitigung der herrschenden Klassen können nur mit Gewalt gelingen. Und Gewalt ist gegen ein Regime der Gewaltherrschaft gerechtfertigt.
Heine: Mit solchen Subjekten sitze ich nicht weiter an einem Tisch.
Fritz: Hier sind die Forderungen der revolutionären Arbeiter und Soldaten von Kiel:

1. Der Kaiser muss abdanken.
2. Sämtliche Monarchien in Deutschland werden abgeschafft.
3. Ein gerechtes, allgemeines und gleiches Wahlrecht wird eingeführt. Gleich heißt, auch für die Frauen.
4. Pressefreiheit.
5. Alle Gefangen werden entlassen.

Ich gebe Ihnen bis Mitternacht Zeit, sie zu erfüllen.
Und jetzt gehe ich, damit Ihnen die Entscheidung leichter fällt, Genosse Heine.
Fritz steht auf und geht ab.

Heine: Unfassbar.

Haussmann: Was denkt der sich? Bin ich der Kaiser? Sollen wir hier die Republik ausrufen? Als Staatsekretär der neuen Regierung und des Prinzen Max von Baden habe ich dazu weder Befugnis noch Befähigung.
Noske: Ermächtigung.
Haussman: Bitte?
Noske: Befugnis und Ermächtigung – nicht Befähigung. Befähigung ist etwas anderes …
Haussmann: Ah. Verstehe. Genau.
Souchon: Womit hat er uns gedroht?
Noske: Ich weiß es nicht. Aber ich denke, so ganz Unrecht hat er nicht. Sind weitere Entsetzungen nach Kiel angefordert?
Heine: Das kann ich nicht sagen. Dienstgeheimnis. Sie sind Sozialist.
Noske: Sozialdemokrat. Also ja.
Souchon: Also … das IX. Armeekorps …
Noske: Schicken Sie es zurück. Wie weit ist es?
Souchon: Vor einer Stunde von Altona weg.
Noske: Telegraphieren Sie.
Heine: Was denken Sie sich eigentlich?
Noske: Ich dachte, dass hier eine ganze Stadt im Aufstand ist, auf der Suche nach einer neuen Ordnung. Aber eben einer Ordnung. Und was erlebe ich? Anarchie.
Heine: Anarchisten werden erschossen.
Noske: Wie viele?
Heine: Alle.
Noske: Ich hab allein heute 40.000 gesehen …
Schicken Sie die Truppen zurück. Auch die aus Neumünster.
Souchon: Gut. Aber das steht gar nicht auf seiner Liste. Was ist mit seinen Punkten?
Haussmann: Inakzeptabel.
Noske: Ich denke, Punkt eins und fünf kann man ihm zusagen.
Heine: Eins und fünf?
Noske: Geben Sie die Gefangenen frei.
Bartels: Das sind Meuterer.

Noske: Es ist egal, was sie sind. Das ist Politik, wir sitzen hier nicht zu Gericht. Geben Sie sie frei.
Souchon: In Ordnung. Aber Sie wollen, dass ich ihm zusage, dass der Kaiser abdankt?
Luise: Der Kaiser muss sowieso abdanken. Alle wissen das. Das können Sie ruhig sagen.

Noske zeigt mit der offenen Hand auf Luise und neigt den Kopf. Sie hat alles gesagt. Luise lächelt ihn an.
Schweigen am Tisch.

Souchon: Wenn ich Ihnen entgegenkomme, wie werden Sie das den Soldaten mitteilen?
Karl: Das kann ich übernehmen. Wir drucken ein Flugblatt. Wollten wir sowieso.
Souchon: Können Sie mir garantieren, dass die Leute Ruhe bewahren? *(zu Thomas)* Sie sind doch ihr Anführer. Mehrheitssozialdemokrat, nicht wahr.
Thomas: Also …
Karl: Die heißen nur so.
Souchon: Wer ist Ihr Anführer?

Thomas, Karl, Luise, Haussmann und Noske blicken sich ratlos an.

Luise: Fritz?
Thomas: Ha!
Souchon: Ich sage Ihnen zu, dass ich alle Forderungen nach Berlin weiter reiche und eine ernste Befassung mit ihnen anbefehle. Mehr kann ich nicht tun – solange Sie keinen Anführer haben.

7.

Thomas und Noske unter einer Gaslaterne. Es ist kalt. Sie schlagen ihre Mäntel hoch.

Noske: Netten Schwiegersohn hast Du da.
Thomas: Er tanzt gut, sagt meine Tochter.
Noske: Deine Tochter – ist ein besonderer Mensch. Mutig.
Thomas: Ich bin froh, dass Du da bist, Genosse Noske. Du hast das eben gerettet. Ohne Dich … und dann mit Fritz.
Noske: Gerettet ist gar nichts. Dieser Souchon ist ganz vernünftig. Aber die Heißsporne auf beiden Seiten.
Thomas: Es sind Soldaten. Sie wurden auf Sieg abgerichtet, Fritz wie Heine. Niederlagen hat man ihnen nicht beigebracht.
Noske: Das stimmt. Verlieren muss man erst lernen.
Thomas: Hast Du einen Plan, wie es jetzt weiter geht?
Noske: Ich?
Thomas: Du musst uns anführen. Auf Dich hören die Arbeiter, und die Offiziere akzeptieren Dich. Ich bin Schlosser. Ich weiß nicht, wie ich mit denen reden soll.
Noske: Und ich bin Korbmacher.
Thomas: Aber Du kennst sie alle. Ebert, Scheidemann, Liebknecht, Luxemburg, sogar den Kaiser.
Noske: Die letzten drei sind kein Vergnügen.
Thomas: Eben, das mein ich ja. Du hast Menschenkenntnis. Du kannst reden. Du hast Erfahrung und lässt Dich nicht einschüchtern. Wir haben hier etwas begonnen, was wir nicht zuende bringen können.
Noske: Fritz scheint genau zu wissen, was er will. Das hat er mir voraus. Scheidemann und von Baden haben mich hierher geschickt, weil sie irgendwas tun mussten. Ich hab so viel Mittelmaß gesehen. Ich hab viel gelernt, aber je mehr ich gelernt habe, desto mehr hab ich verloren. Ich bin jetzt fünfzig. Mir fehlt der Glaube, dass man einfach nur zwei, drei Hebel umle-

gen muss, um die Welt besser zu machen. Dafür ist das alles zu kompliziert. Aber weil mir der Glaube fehlt, heißt das nicht, dass er anderen fehlt. Es wäre möglich, dass Fritz Recht hat. Vielleicht wird hier, heute Nacht in Kiel, der Funke geschlagen, der ein neues Zeitalter aufscheinen lässt. Nein, Thomas. Ich würde ihn ersticken.

Thomas: Die Funken, die Fritz schlägt, würden die Welt in Brand setzen.

Noske: Abwarten.

Thomas: Abwarten? Du redest, als würdest Du nicht dazu gehören.

Noske: Ich gehöre nicht dazu. Ich komme nicht aus Kiel, ich bin weder Matrose, noch bin ich Arbeiter. Ich bin zu alt. Das ist ein Neuanfang. Ein radikaler Schnitt. Es ist das, was wir uns erträumt haben.

Thomas: Es ist das, wofür wir gekämpft haben und wofür wir drangsaliert wurden. Fünf Mal haben sie mich eingesperrt. Sie haben mir den Lohn gekürzt. Als meine Frau starb, hatte ich kein Geld für einen Platz auf dem Friedhof. Und jetzt soll ich abwarten.

Noske: Nicht Du. Ich werde abwarten. Weil ich nicht weiß, was ich sonst tun soll.

Thomas: Du bist ein Zauderer.

Noske: Kann sein.

8.

Im Raum des Gewerkschaftshauses. Fritz steht am offenen Fenster und raucht. Er inhaliert tief und hält die Augen geschlossen. Die Tür fliegt auf. Karl und Dirk kommen rein, beide sehr aufgebracht.

Dirk: Bist Du bescheuert, oder was? Willst Du uns alle umbringen?

Fritz: Nicht uns.
Karl: Du bist der Vorsitzende des Soldatenrats? Es gibt gar keinen.
Fritz: Noch nicht.
Dirk: Was soll das heißen? „Noch nicht?"
Fritz: Ich habe ihn einberufen. In einer halben Stunde.
Karl: Ach nee. Und wo?
Fritz: Hier.
Dirk: Und wer kommt?
Fritz: Werden wir sehen.
Dirk: Das reicht nicht. Wir brauchen eine Vollversammlung.
Fritz: Du redest schon wie Noske. Wir brauchen einen Soldatenrat. Die Vollversammlung kommt später. Jetzt müssen wir gegenüber der Verwaltung geschlossen und einig auftreten. Erst müssen wir sie besiegen. Das geht vor.
Dirk: Das geht vor Demokratie?
Fritz: Nein, das ist Demokratie. Wir vertreten die Interessen der Soldaten und Arbeiter, weil wir Soldaten und Arbeiter sind.
Karl: Was war das für ein Zettel?
Fritz: Gut, nicht?

Thomas tritt ein. Er mustert alle drei.

Thomas: Das heilige Triumvirat.
Fritz: Das Triumvirat war nicht heilig.
Karl: Fritz hat eine Soldatenversammlung einberufen. Wir brauchen einen Soldatenrat.
Thomas *(schwerfällig)*: Ich bin bereit, sein Vorsitzender zu werden, wenn ihr es wollt.

Die drei blicken sich überrascht an.

9.

Gewerkschaftshaus. Versammlung der Soldaten. Dirk, Karl, Haussmann, Noske, Luise etwas abseits.
Thomas: Genossen, ich spreche für die Arbeiter von Kiel –

Zwischenruf: Wir sind Soldaten!

Thomas: Ich bin Gewerkschaftsfunktionär und Mehrheitssozialdemokrat.

Zwischenruf: Verschwinde! Du hast die Kriegskredite bewilligt!

Thomas: Es ist entscheidend, dass Soldaten und Arbeiter jetzt zusammen stehen. Dass wir besonnen und umsichtig agieren.

Zwischenruf: Eberts Pudel!

Thomas: … und dass die Offiziere jemanden haben, mit dem sie reden können.

Zwischenruf: Mit denen reden wir nicht!

Thomas: Deshalb kandidiere ich als der Erfahrenste für den Vorsitz des Soldatenrates!

Zwischenrufe: Hau ab! Niemals! Kriegsgewinnler! Funktionär!

In den Tumult spricht Fritz:
Genossen! Soldaten! 47 von uns wurden in Wilhelmshaven verhaftet. 57 von der „Markgraf“ haben sie in ihre Gewalt gebracht. Und als wir für die Freiheit unserer Kameraden demonstriert haben, haben sie unsere Brüder, Frauen und Kinder erschossen! Genossen, Kampfesbrüder! Wir haben für sie

geblutet, gelitten und gemordet. Wir haben unsere Leben gegeben, damit Kaiser und Kapital ihre Macht und ihren Reichtum mehren. Wir haben unsere Genossen und Brüder aus England und Frankreich, aus Russland und Holland ermordet und ersaufen lassen. Das war ein historischer Fehler! Und deshalb ändern wir jetzt die Historie! Jetzt, hier und heute blickt die Welt auf uns. Und ich sage – halten wir ihrem Blick stand! Wir sind es ihr schuldig! Wir sind es unseren ermordeten Brüdern in Flandern und Russland schuldig! Wir sind es all den ungeborenen Kindern schuldig, deren Väter nun auf den Schlachtfeldern an der Marne vermodern. Ich sage: Nieder mit dem Kaiser! Nieder mit dem Kapital! Ich sage: Nie wieder Krieg! Ich sage: Gleichheit und Brüderlichkeit! Und Freiheit für die Gefangenen!

Jubel der Zuhörer.

Fritz: Thomas Hinrichsen hat Recht. Wir brauchen einen Soldatenrat! Aber nicht, um mit den Offizieren zu verhandeln, sondern um sie in Arrest zu bringen und abzuurteilen. Wer soll dem Rat vorsitzen?

Zwischenruf: Der da spricht!

Fritz: Ich nehme die Wahl an! Und jetzt holen wir die Gefangenen.

10.

Die Menge bricht johlend auf. Haussmann und Noske bleiben zurück.

Haussmann: Ich nehme den ersten Zug nach Berlin.

Noske: Was wirst Du dem Kabinett sagen?
Haussmann: Dass die Lage außer Kontrolle ist. Sie müssen Truppen schicken. Oder zumindest die Rädelsführer ausschalten. Gibt es einen Telegraphen?
Noske: Die Leitungen sind gekappt. Damit die Matrosen ihn nicht benutzen.
Haussmann: Also fahre ich. Was ist mit dir?
Noske: Ich weiß nicht …
Haussmann: Du weißt, dass das hier Wahnsinn ist.
Noske: Ich weiß. Aber es ist das, wovon wir immer geträumt haben.
Haussmann: „Es ist müßig, sich mit der Vergangenheit zu beschäftigen", hat mal einer gesagt …
Noske: Du hast Recht. Ich komme mit.

11.

Fritz, Dirk und Karl vor einer Zimmertür. Sie lauschen. Fritz legt den Finger an den Mund, zählt mit den Fingern auf drei, dann tritt er die Tür ein und die Männer stürmen in das Zimmer. Im Bett liegt Heine und schläft. Fritz leuchtet ihn an.

Heine: Was ist los?
Fritz: Genosse Heine, ich verhafte Dich im Namen des Soldatenrates der Stadt Kiel wegen Konterrevolution und Hochverrat.
Heine *(setzt sich auf)*: Verflucht!
Fritz: Steh auf und zieh Dich an. Jetzt.
Heine: Wie kannst Du mich duzen!
Fritz: Das ist die Sprache, an die deinesgleichen sich wird gewöhnen müssen. Steh endlich auf.

Heine steht auf und geht zu einer Zimmerecke, in der seine Uniform hängt.

Heine: Dafür werdet ihr erschossen. Dafür stell ich euch vors Kriegsgericht.
Fritz: Nicht die Uniform. Dein Krieg ist vorbei.
Heine: Ich hab nichts anderes.
Fritz: Dann gehst Du so. Dirk, Karl!

Karl und Dirk wollen Heine eskortieren, doch der dreht sich ab und zieht seinen Degen. Fritz ist mit einem Sprung heran, und als Heine sich umdreht, rammt er ihm das Bajonett in den Bauch. Heine bricht zusammen.

Karl: Fritz!
Fritz: Was? So haben sie es mir beigebracht. So hab ich Engländer und Franzosen getötet. Nur kein falsches Mitleid. *(Dann zu Heine)* Du wolltest uns drohen, uns, dem Volk, Genosse Heine?

Dann zieht er das Bajonett heraus und lässt Heine liegen.

12.

Noske mit seinem Koffer. Ihm entgegen kommt Luise. Sie rennt über die Bühne. Als sie Noske sieht, bleibt sie stehen.

Luise: Sie sind frei. Wir sind rein und keine Waffe wurde erhoben, kein Schuss ist gefallen. Wir haben sie alle raus.
Noske: Souchon ist ein guter Mann.
Luise: Ich muss schnell weiter. Die USPD tagt im Peerstall.
Noske: Du bist wohl schneller als ein Pferd.
Luise: Ihr wollt … wohin wollt ihr?

Noske: Ich reise ab. Mit dem nächsten Zug.
Luise *(lacht)*: Die Bahnverbindung ist unterbrochen. Die Schaffner und Lokführer haben sich uns angeschlossen. Morgen ist Generalstreik.
Noske: Luise – hör mir zu. Halt Dich bitte fern von Fritz. Das hier kann nicht gut gehen.
Luise: Fritz? Fritz ist verrückt. Das weiß ich schon. Aber er ist aufregend!
Noske: Luise, Du bist etwas Besonderes. Du musst mir versprechen, auf dich zu achten. Wenn ihr den Bogen überspannt, dann wird das Militär nicht zusehen können.
Luise: Ihr? Nicht wir?
Noske: Revolutionen werden von der Jugend gemacht. Ich bin zu alt.
Luise: Ihr seid doch nicht alt.

Luise rennt davon. Noske sieht ihr nach, setzt sich auf seinen Koffer, denkt nach.

Noske: Zu alt dafür.

13.

Vor dem Peerstall. Fritz teilt Gewehre an seine Männer aus. Er ist blutverschmiert. Luise kommt an.

Bajonettübungen: Zustoßen! – Halbkreis! Zustoßen! – Halbkreis!

Luise: Die Gefangenen sind frei. Ganz ohne Blutvergießen.
Fritz: Tja, das können wir nicht sagen, nicht wahr?
Luise: Was ist passiert?
Fritz: Revolution ist passiert. Ich lass mich nicht mehr von denen rumkommandieren.

Luise: Bist du verletzt?
Fritz: Ich doch nicht.
Luise: Was habt ihr vor?
Fritz: Wir holen sie jetzt. Einen nach dem anderen.
Karl: Heine als ersten.
Luise: Fritz …
Fritz: Red nicht, wie dein alter Herr. „Fritz". Ja, das ist mein Name. Und der soll erinnert werden.
Luise: Was redest du denn?
Fritz: Eben nicht. Ich rede nicht, ich handle.
Dirk: Wir sind soweit.
Luise: Wo geht ihr hin?
Fritz: Komm mit und sieh's Dir an.

14.

Noske sitzt auf seinem Koffer. Luise kommt angerannt.
Luise: Gott sei Dank!
Noske: Ah … die Botin. Und was sagt die USPD?
Luise: Ihr müsst helfen.
Noske: Der USPD?
Luise: Nein – den anderen. Sie holen sie. Sie haben Heine getötet.
Noske: So fängt es an.
Luise: Sie müssen helfen.
Noske: Was kann ich schon tun?
Luise: Auf Euch hören sie. Sie respektieren Euch.
Noske: Fritz nicht.
Luise: Fritz nicht, nein. Aber die anderen. Und ohne sie kann er nichts machen. Ihr könnt jetzt nicht abreisen. Ihr müsst mit mir mit.
Noske: Mit Dir. Mit.
Luise: Ja, mit mir.

Noske: Ja, mit Dir.

Luise reicht ihm eine Hand und zieht ihn hoch. Sie will loslaufen. Noske hält ihre Hand fest.

Noske: Unter einer Bedingung.
Luise: Welche Bedingung?
Noske: Du hörst auf, mich zu siezen.

15.

Karl, Dirk und Fritz vor einer anderen Tür. Sie haben Gewehre. Fritz zählt auf drei, dann tritt Dirk die Tür ein. Fritz leuchtet. Im Bett liegt Souchon.

Fritz: Steh auf.
Souchon: Was ist?
Fritz: Revolution ist. Du bist verhaftet. Nimm die Hände über den Kopf und stell Dich mit dem Gesicht zur Wand.

Souchon steht auf und tut, wie Fritz es ihm befohlen hat. Karl und Dirk stehen daneben. Ihnen ist nicht wohl.

Fritz: Knie nieder.
Souchon: Ich habe Ihre Bedingungen erfüllt. Ich habe sie nach Berlin telegraphiert.
Fritz: Es gibt keinen Telegraphen mehr. Die Leitungen sind gekappt.

Fritz setzt das Gewehr in Souchon Nacken.

Souchon: Bitte!

Fritz: Wilhelm Souchon, im Namen des Soldatenrates, dessen Vorsitzender ich bin, verurteile ich Dich zum Tode wegen Beteiligung an millionenfachem Mord. Auf dass die Welt eine friedliche werde.
Noske: Die Waffen nieder!

Noske und Thomas stürmen ins Zimmer. Fritz wendet sich um und hält den Lauf auf sie gerichtet.

Fritz: Was willst Du, alter Mann?
Noske: Nimm die Waffe runter.
Fritz: Du befiehlst mir nichts. Ich bin gewählter Sprecher des Soldatenrates.
Noske *(zu Thomas)*: Sag Du es ihm.
Thomas: Ich … Fritz … lass doch …
Fritz: Was soll er mir sagen.
Noske: Der Arbeiterrat hat Thomas zu seinem Vorsitzenden gewählt. Er hat den Beschluss gefasst, dass jedes unnötige Blutvergießen zu vermeiden ist.

Luise tritt ein, außer Atem.

Fritz: Arbeiterrat?
Thomas: Ja – äh –
Fritz: Wann hat der getagt?
Noske: Eben gerade. Ihr wart schon weg.
Fritz: Wir wurden nicht informiert. Das ist undemokratisch!
Noske: Das ist demokratischer als Deine Wahl. Thomas ist gewählter Vorsitzender der versammelten Gewerkschaftsbünde. Er hat das Mandat, einzuladen. Du hast nichts. Noch nicht mal einen Beschluss, bei Gouverneur Souchon einzudringen. Im Namen des Arbeiterrates befehle ich Dir, das Gewehr zu senken.

Fritz will etwas sagen, aber ihm fallen nicht die richtigen Worte ein. Noske nimmt ihn beiseite. Er zieht das Bajonett und zeigt es ihm.

Noske *(zu Fritz)*: Hör zu. Das war Mord. Es ändert nichts, dass die Verhältnisse schwierig sind. Noch gibt es Grenzen von Sitte und Moral. Noch gibt es eine Ordnung. Wenn du jetzt Schwierigkeiten machst, dann klage ich Dich wegen Mordes an und lasse Dich erschießen. Wenn Du jetzt aber dein Gewehr runter nimmst, dann will ich die Sache vergessen. Dann war es eben den Umständen geschuldet.

Fritz fängt sich und schiebt Noske weg.

Fritz: Das ist Konterrevolution. Karl!
Noske: Ich erkenne Deine Wahl zum Sprecher des Soldatenrates nicht an.
Karl: Lass den Scheiß, Fritz. Das ist doch Thomas.

Fritz wendet sich um. Dann wieder Noske zu. Er legt an. Luise stellt sich vor das Gewehr.

Luise: Fritz, er hat Recht.
Fritz: Hat er Dich auch schon bezirzt?
Luise: Eher umgekehrt, glaub ich...
Fritz: Was soll das heißen?
Noske: Fritz, nimm die Waffe runter. Dirk.

Dirk nimmt Fritz die Waffe ab. Fritz nimmt es hin. Noske steckt das Bajonett weg.

Karl: Was machen wir mit Souchon?
Noske: Wir sperren ihn im Bahnhof ein.

16.

In einem Zimmer in Hinrichsens Wohnung. Fritz sitzt in Unterwäsche auf der Bettkante. Luise steht in Unterwäsche am Fenster. Während sie redet, wartet sie immer wieder, ob Fritz nicht antworten will.

Luise: Normalerweise fahren um diese Zeit schon die Straßenbahnen. Heute ist es mucksmäuschen still. Das hast du gemacht.
Weißt Du, ohne Fahrkarte zu fahren, das fand ich schon immer mutig. Wenn ich mich das mal traue, dann habe ich immer total schwitzige Hände. Aber gleich alle Straßenbahnen im Verschlag stehen zu lassen, das ist noch mal was anderes.
In drei Stunden wird es hell.
Ob sie Truppen schicken? Man hört so was. Dragoner aus Altona. Und dass die Offiziere sich in Molfsee sammeln und zurückschlagen.
Fritz?

Fritz: Ich hab noch nie vorher einen Menschen getötet.
Luise: Du hast doch gesagt, in Flandern …
Fritz: Ich hab geschossen. Wie alle. Blind in die Nacht von Graben zu Graben. Und vielleicht hab ich aus Versehen einen erschossen. Aber von so dicht – ich wusste nicht, wie fest so ein Körper ist. Und das Blut war ganz warm. Hatte er Kinder?

Luise geht zu ihm ans Bett. Sie streichelt ihm über den Kopf. Als er nicht reagiert, sitzt sie neben ihm wie ein Schulkind, das auf seine Strafe wartet.

Fritz: Wenn das vorbei ist, gehen wir noch tanzen?
Luise: Immer, Fritz.
Fritz: Was hast Du gemeint, als Du sagtest, Noske ist deinetwegen hier geblieben.

Luise: Mein Vater ist so alt wie er. Beide sind Sozialdemokraten. Ich weiß, wie man mit ihnen reden muss.
Fritz: Dein Vater liebt Dich.
Luise *(lacht)*: Ja, das tut er.
Fritz: Liebt Noske Dich auch?
Luise: Kann sein …
Fritz: Du lachst …
Luise: Hör Fritz. Ist doch egal, was er macht. Es war wichtig, dass er bleibt.
Fritz: Warum war das wichtig?
Luise: Weil … weil … Du hättest Dich reden hören sollen, heute. Du warst phantastisch!
Fritz: Ich hab mich reden hören.
Luise: Ja, aber Du warst ja Du. Das ist nichts Besonderes. Ich war so stolz auf Dich.
Fritz: Und trotzdem musste Noske bleiben?
Luise: Deshalb musste Noske bleiben. Weil ich Dich kenne. Weil Du glaubst, was Du sagst, weil Du wahr machen wolltest, was Du gesagt hast.
Fritz: Dir hat es doch gefallen.
Luise: Ja, aber sagen und tun – das ist nicht das gleiche. Das hätte alles kaputt gemacht.
Fritz: Er macht alles kaputt. Noske.
Du hast mir doch das Bajonett gegeben.
Luise: Es tut mir Leid, Fritz. Es tut mir Leid.
Fritz: Ja.
Luise: Fritz, er musste bleiben, weil ich Angst um Dich hab. Er muss Dich beschützen.
Fritz: Sag das nicht.
Luise: Dass Du Heine umgebracht hast, war falsch. Es war feige. Du bist nicht –
Fritz: Hör auf!
Luise: – besser als sie, wenn Du so was tust.
Fritz *(schüttelt sie)*: Hör auf!
Luise: Wir brauchen Noske. Du brauchst Noske!

Fritz schlägt ihr mit der Faust ins Gesicht. Luise fällt um. Fritz starrt auf sie, dann kniet er sich hin, hebt sie auf, weint.

Fritz: Verzeih! Luise! Entschuldige ... Ich ... Es tut mir Leid ... wollte das nicht.
Luise: Hau ab, Fritz! Hau einfach ab!

17.

Fritz allein in dem Zimmer im Gewerkschaftshaus. Er geht unruhig auf und ab. Noske tritt ein.

Noske: Hast Du geschlafen?
Fritz: Nein.
Noske: Du hättest schlafen sollen. Du brauchst einen klaren Kopf.
Fritz: Was willst Du? Mich erpressen?
Noske: Dir einen Vorschlag machen. Ich werde Vorsitzender des Soldatenrates und Du mein Stellvertreter. Das gilt aber nur, wenn Du nicht gegen mich antrittst. Wenn Du gegen mich antrittst, bist Du draußen.
Fritz: Du trittst gegen mich an.
Noske: Ist das Deine Antwort?

Fritz schweigt.

Noske: Weißt Du, ich war einmal wie Du. Vielleicht muss man so sein, wenn man jung ist. Aber es gibt einen Unterschied zwischen Alter und Jugend. Willst Du wissen, was der Unterschied ist?
Fritz: Nein.

Noske: Der Unterschied ist, dass man nicht immer und überall einen Unterschied sucht. Du sagst, dass ich gegen Dich kandidiere. Und damit hast Du zweifellos Recht. Aber ist es nicht egal? Es geht einzig und allein darum zu gewinnen. Und das gilt für alles. Das gilt für die Revolution. In allem, was Du gesagt hast, hast Du Recht. Was die Verknüpfung von Kapital und Krieg angeht, hast Du Recht. Dass die Offiziere Schuld sind, ist richtig. Und dass meine SPD sich schuldig gemacht hat, steht außer Frage. Und dennoch hast Du Unrecht. Du handelst falsch. Du wirst nicht gewinnen, wenn Du immer und überall Recht haben willst. Und soll ich Dir sagen, warum?
Fritz: Nein.
Noske: Weil den Menschen Recht egal ist. Es geht ihnen nur darum, satt zu werden, es warm zu haben, in Ruhe gelassen zu werden. Sie wollen geregelte Verhältnisse, nicht Recht. Dafür steht die Sozialdemokratie. Der Kampf ist nicht für das Volk. Das Volk ist eine träge, dumme und letztlich gefährliche Masse. Der Kampf ist, gegen das Volk das Beste für das Volk durchzusetzen.
Fritz: Das ist vielleicht Dein Kampf. Meiner ist das nicht. So will ich nicht leben.
Noske: Es ist die einzige Möglichkeit zu leben. Reinheit ist ein Ideal. Aber keines von dieser Welt. Hundertprozentige Reinheit gibt es nicht. Deshalb musst Du die Welt bekämpfen. Solche Ideale führen immer in den Krieg und ins Verderben. Einzig die Gewalt braucht zu ihrer Rechtfertigung eine absolute Wahrheit oder eine totale Konsequenz. Aber 100 Prozent Freiheit ist asozial und 100 Prozent Einsatz lebensfeindlich.
Fritz: Freiheit ist asozial …
Noske: So ist es.
Fritz: Was ist mit dem Bajonett?
Noske: Wie hast Du Dich entschieden?
Fritz: Warum bist Du geblieben? Ich denke, Du wolltest nach Berlin.
Noske: Ehrlich gesagt – ich weiß es nicht genau.

Fritz: Wegen Luise?
Noske: Vielleicht. Auf eine Art.
Fritz: Auf eine Art?
Noske: Oh nein, nicht, was Du meinst. Vielleicht wollte ich ausprobieren, wie es ist, wenn ich wieder handle. Handle wie Du. Nicht mehr wegreise oder unverbindliche Reden halte.
Fritz: Du redest Dir alles zu Recht, wie es Dir passt. Aber eines kannst Du mir nicht erklären, Du mit Deinem Relativismus und deinem Es-allen-Recht-machen-wollen. Wie soll denn jemals etwas Gutes aus etwas nur Halbgutem entstehen? Wie soll denn eine neue Gesellschaft aus der alten hervorgehen? Wie etwas Besseres, wenn man das Verkommene, Marode, Kaputte nicht abstößt. Ich verbitte mir, dass Du Dich mit Deinen Handlungen auf mich berufst.
Noske: Ja, das ist ein Widerspruch. Ich kann es Dir nicht genau erklären. Ich tue etwas und dadurch ergibt sich eine neue Ordnung. Du tust auch etwas, aber durch Dich wird das Chaos größer. Deshalb werde ich gegen Dich gewinnen.
Fritz: Weil die Menschen kein Chaos wollen.
Noske: Verantwortung. Es ist merkwürdig, aber wenn man Verantwortung übernimmt, verändert das die Persönlichkeit. Man tut Dinge, die man zuvor ausgeschlossen hat. Ich hab das schon beim Kriegseintritt erlebt, als wir die Hand für die Gelder hoben. Es erschien verantwortungsvoll. Damals.
Fritz: Verantwortung ist in Deinem Mund ein anderes Wort für Beliebigkeit.
Noske: Nein, das ist es nicht. Glaub mir, es fühlt sich anders an. Ich war immer gegen den Krieg. Aber wenn man Verantwortung hat, und dir einer sagt, wenn Du nicht zustimmst, dann kriegen unsere Soldaten keine Gasmaske und verrecken beim nächsten Angriff, dann erhöhst Du auf einmal das Militärbudget, ohne es zu wollen. Und jetzt stelle ich mich gegen Dich, obwohl ich einmal genau so war. Und wenn ich nun Freiheit gegen Sicherheit abwiegen muss, dann weiß ich, dass ich die Sicherheit wählen muss, um die Freiheit zu schützen. Weil ich

meine Ideale nur so vor größerem Schaden bewahren kann. Und selbst ein Krieg ist vorstellbar, um den Frieden zu retten. Wie würdest Du denn entscheiden, wenn Du ein paar Menschenleben opfern musst, um die vielen Unschuldigen zu schützen. Der Unterschied ist einzig und allein, dass Du nicht die Möglichkeiten hast, abzuwägen und zu entscheiden. Und deshalb ist es leicht für Dich. Freiheit und Veränderung ist immer die leichtere Übung.
Fritz: Und deshalb wirst Du mit den Offizieren paktieren und hast verhindert, dass ich den Gouverneur hinrichte?
Noske: Anders ist das hier nicht zu überstehen. Wenn wir das nicht tun, dann werden sie sagen: Schaut, was passiert, wenn die Demokratie kommt – kein Bäcker hat offen, keine Straßenbahn fährt, keine Hand rührt sich. Wenn wir nicht mit den Offizieren zusammen arbeiten, dann wird der Kaiser an der Macht bleiben. Was ist, nimmst Du meinen Vorschlag an?

Fritz geht wortlos ab.

18.

Noske und Luise, die eine aufgequollene Lippe hat.

Noske: Wer hat dich geküsst.
Luise: Spar dir deinen Spott.
Noske *(berührt sie sacht am Arm)*: Ich meinte es nicht bös. Es ist nur – na, geht mich nichts an. Weißt Du, ob Prinz Heinrich noch in der Stadt ist?
Luise: Der Bruder des Kaisers? Der hat doch nichts zu melden.
Noske: Eben deshalb ist er in Gefahr.
Luise: Er ist gefährlich?

Noske: Nein – in Gefahr. Er hat keine Funktion. Er ist politisch tot. Deshalb kann man ihn auch richtig töten. Und keine Sau kümmert's. Lauf zum Schloss und sag ihm, dass er die Stadt verlassen soll. Er hat ein Landgut bei Eckernförde.
Luise: Wann ist die Generalversammlung?
Noske: Du bist rechtzeitig zurück.

19.

Luise rennt durch die Stadt. Karl kommt ihr entgegen, sieht sie und hält sie auf.

Karl: Luise?
Luise: Lass mich. Es ist gleich Generalversammlung. Fritz gegen Noske.
Karl: Du läufst in die falsche Richtung.
Luise: Er hat mich weggeschickt. Zum Oberbefehlshaber.
Karl: Was für ein Oberbefehlshaber?
Luise: Na, Prinz Heinrich.
Karl: Ah – Prinz Heinrich. Also doch.
Luise: Also doch was?
Karl: Als Faustpfand.
Luise: Ich glaub, er hat Angst, dass sie ihn erschießen oder was. Das würde ihm nicht in den Kram passen.
Karl: Wem? Wer hat dich weggeschickt?
Luise: Na, Noske.
Karl: Und wer ist „Sie", die ihn erschießen?
Luise: Wir, meine ich.
Karl: Weiß Fritz, dass Du den Oberbefehlshaber warnst?
Luise: Nein. Glaub ich jedenfalls … Ich mein, nicht von mir.
Karl: Du bist ein merkwürdiges Mädchen. Ich durchschau' dich nicht.

Luise: An mir gibt's nichts zu durchschauen. Ich bin ganz einfach.
Karl: Dann bist du zu einfach. Du lässt alle denken, dass du ihre Freundin bist. Fritz, Noske, Thomas – aber das ist nicht möglich.
Du kannst nicht Noskes Botin sein, ohne Fritz zu verraten.
Luise *(sackt zusammen)*: Aber was mach ich denn? Mein Vater hat mich eingesperrt und ich bin ausgebrochen und seitdem renn ich und ich komme nicht an. Immer schickt mich einer zum anderen. Immer Männer. Was kann ich dafür, was andere in mir sehen?
Karl: Vielleicht sehen alle nur in Dir, was sie sehen wollen. Aber das ändert nichts. Du musst Farbe bekennen!
Luise blickt nach innen.
Karl: Es passiert grad etwas, das ist größer als ich und du. Das zwingt uns, uns neu zu machen.
Luise *(eindringlich)*: Dann, Karl, ist es falsch.
Lass mich gehen!
Luise rennt weiter. Karl blickt ihr nach.

Karl: Wenn es stimmt und alle in Dir sehen, was sie sehen wollen, was hast Du mir grad gezeigt?

20.

Stadtschloss. Prinz Heinrich steht in der Mitte des Zimmers in voller Uniform und zieht seinen Säbel, hebt den linken Arm und macht einen Ausfallschritt, einen Schattenstoß, dann steckt er ihn wieder weg, zieht ihn erneut und so weiter.

Prinz Heinrich: En Garde … Ballestra … Filo … Coupé …
Luise *(tritt ein)*: 'Tschuldigung.
Heinrich *(Ausfallschritt auf sie)*: Ha!

Luise: Es war kein Diener da. Die Tür war offen.
Heinrich: Wer Sind Sie?
Luise: Luise Hinrichsen. Tochter vom Thomas Hinrichsen. Dem Gewerkschaftsführer. Mein Verlobter ist Fritz Kemp, der Vorsitzende des Soldatenrates. Gustav Noske schickt mich.
Heinrich: Ich hatte mal einen Hund, der hieß Boske.
Luise: Noske, nicht Boske. Er gehört zur Regierung. Er kennt alle, Scheidemann und Ebert und Prinz Max von Baden. Er ist – er macht hier alles. Revolution und jetzt macht er Frieden.
Heinrich: … musste ihn erschießen. Ein Eber hat ihn verletzt. In Hubertusstock. Guter Hund, Boske.
Luise: Noske bittet Sie, die Stadt zu verlassen. Er kann für Ihre Sicherheit nicht garantieren.
Hören Sie, Majestät, was ich sage?
Heinrich: Ja, Madmoiselle, ich höre Sie. Aber ist es nicht komisch? Ich hatte mal einen Bluthund, der hieß Boske und der wurde von einem Eber zur Strecke gebracht. Und jetzt ist hier ein Noske, der einen Ebert kennt.
Luise: Warum sind keine Bediensteten da?
Heinrich: Souchon sagt, er hat die Lage nicht mehr im Griff. Ich habe Schüsse gehört.
Luise: Warum war die Tür offen?
Heinrich: Mir werden sie nichts tun. Ich habe einen Wanderpokal für die Fußballmeisterschaft der deutschen Hochseeflotte gestiftet.
Luise: Draußen sterben Leute. Es ist Generalversammlung. Sie sind nicht sicher. Wenn Noske sagt …
Heinrich: Er war rotbraun. Aber wenn man ihn gegen das Licht sah, hatte er einen Stich ins Schwarze.
Luise: Majestät, Sie müssen fliehen.
Heinrich *(plötzlich drohend)*: Ich bin ein Hohenzollern. Mein Großvater war der erste Kaiser. Ich stamme in direkter Linie vom Alten Fritz und dem Soldatenkönig ab. Ich fliehe nicht.
Luise: … Ihr Gut bei Eckernförde …

Heinrich: Hemmelmark. Schöner Forst. Gute Hunde. Lange nicht mehr da gewesen.
Luise: Jetzt wäre die Zeit für einen Besuch.
Heinrich: Ein Besuch. Wie hieß er noch, der mit dem Hundenamen?
Luise: Noske.
Heinrich: Ich habe ein Auto … Dux-Vierzylinder. Blockmotor. 21 PS, 70 Kilometer in der Stunde. Sagen Sie Noske, ein Hohenzollern flieht nie. Er reist ab. Ich werde abreisen.
Luise: Das ist gut, Eure Majestät.
Heinrich: Möchten Sie mitkommen? 70 Kilometer in der Stunde!
Luise: Ich muss zurück. Leider.

Prinz Heinrich gibt ihr einen Handkuss.

Prinz Heinrich: Vielleicht, wenn dieser Noske wieder weg ist …

21.

Fritz: Genossen! Brüder! Der Sieg ist unser! Die Offiziere sind verhaftet. Auf den Schiffen wurden heute Morgen rote Fahnen gehisst. Wir haben einen Soldatenrat und einen Arbeiterrat. Wir haben eine Republik. Es lebe die freie Republik Kiel! Es lebe das freie, sozialistische Schleswig-Holstein!
Nicht nur wir versammeln uns heute hier, um das Alte endgültig zu beerdigen. Mit uns in diesem Leichenzug sind Millionen toter Proletarier, die für die Sache der Revolution ihr Leben gegeben haben. Die Frauen und Kinder, die im Dreck verreckt sind. Damit ist nun Schluss! Alle Stämme und Stände vereinen sich von gleich zu gleich, Mann wie Frau, in der gleichen Frei-

heit. Keine Knechte unter uns! Keine Herren über uns. Ehrlicher Lohn für ehrliche Arbeit! Und Friede den Hütten!
Jetzt geht es darum, die Revolution in das ganze Reich zu tragen! Jetzt geht es darum, den Kaiser hinwegzufegen und seine Spießgesellen! Von Kiel aus soll eine Woge durch die künftige Republik schwappen. Dafür wählt mich!

Tosender Applaus.
Fritz tritt zurück, Noske tritt nach vorn.

Noske: Liebe Freundinnen, liebe Freunde,

Luise tritt ein. Sie schaut sich nervös nach Fritz um, setzt sich dann in die andere Ecke.

Noske: Fritz ist ein guter Redner, ohne Frage. Aber kommt es jetzt auf gute Redner an? Jetzt, liebe Freundinnen, liebe Freunde, ist nicht die Zeit zu reden, es ist Zeit zu handeln. Und jeder von Euch, die ihr Schweißer, Schlosser, Tischler oder Maurer seid, jeder weiß, dass ein gutes Werk nicht durch Leichtsinn und Unvorsicht entsteht, sondern durch Bedacht und Umsicht.

Zustimmendes Gemurmel.

Und Umsicht gebietet, nachzufragen, ob das, was unser Fritz hier in den leuchtend roten Farben der Revolution ausgemalt hat, überhaupt so stimmt. Er sagt, von Kiel aus gelangt die Revolution ins ganze Reich. In Wahrheit ist Kiel abgeschnitten von der Außenwelt. Kein Zug, kein Telegraph. Kiel ist ein isolierter Platz, keine Verpflegung und keine Löhne.

Zuhörer: Richtig!

Noske: Fritz sagt, wir haben gesiegt. Tatsächlich stehen die Altonaer Dragoner kurz vor der Stadt, bereit, alles nieder zu reiten, was sich ihnen in den Weg stellt. Wollt Ihr Eure Frauen und Kinder dem Spleen der Jugend opfern?
Fritz sagt, wir sind alle gleich. Ich sage, ja, wir sind alle gleich an Rechten – aber an Pflichten unterscheiden wir uns. Ich kann keinen Stuhl schreinern und Du, kannst Du ein Kriegsschiff führen? Kannst Du Brot backen oder eine Stadt regieren?
Fritz sagt Freiheit. Ich sage Euch, wer Freiheit will, muss Ordnung halten.
Fritz sagt, er will Euch führen.
Ich sage euch, wen immer ihr wählt, wählt nicht ihn. Ich muss nicht euer Vorsitzender werden, ich regiere Deutschland, was soll ich hier in Kiel. Wenn ihr mich nicht wählt, wird mein Leben einfacher. Ich fahre bei nächster Gelegenheit nach Berlin. Ich muss nicht berühmt werden – ich bin es bereits. Aber ich biete euch an, dass ich bleibe. Ich biete es an, wenn ihr es wollt. Nicht, weil ich etwas will, sondern weil ihr etwas nicht wollen sollt. Wählt nicht das Chaos! Wählt nicht die Unvorsicht! Wählt nicht den Bürgerkrieg, in dem Nachbar auf Nachbar und Deutscher auf Deutschen schießt. Es sind wahrlich genug gestorben. Und genug der Besten. Wählt einen wahren Frieden. Wählt eine neue Ordnung. Wählt Brot und Arbeit. Wählt also mich.

Tosender Applaus.
Stimmen: Noske! Noske! Noske!

Thomas: Wer ist für Fritz?

Nur Karl meldet sich.

Thomas: Wer ist für Noske?

Alle melden sich. Noske sucht Fritz' Blick.

Thomas: Gustav Noske ist der neue Vorsitzende des Soldatenrates.

Noske: Ich danke euch. Und ich schlage vor, einen Stellvertreter zu wählen. Und als Stellvertreter schlage ich Fritz vor.

Thomas: Wer ist für Fritz als Stellvertreter?

Alle melden sich.

Noske *(im Abgehen zu Fritz)*: Das war das letzte Mal, dass ich zu einem von euch großzügig war.

22.

Noske am Schreibtisch in einem Raum des Gewerkschaftshauses. Er schreibt. Dirk kommt herein.

Dirk: Du hast mich rufen lassen, Genosse Vorsitzender?
Noske: Red mich nicht so geschwollen an. Ja. Hier. Lies und sag mir, was Du denkst.
Dirk: Forderungen des Soldatenrates:

- Freilassung sämtlicher Inhaftierter und politischer Gefangenen.
- Vollständige Rede- und Pressefreiheit
- Aufhebung der Briefzensur
- Sachgemäße Behandlung der Mannschaften durch Vorgesetzte
- Straffreie Rückkehr der Kameraden an Bord und in die Kasernen
- Die Ausfahrt der Flotte hat unter allen Umständen zu unterbleiben

- Jegliches Blutvergießen hat zu unterbleiben
- Sämtliche Truppen, die nicht zur Garnison gehören, werden zurückgezogen
- Der Soldatenrat trifft alle Maßnahmen zum Schutz von Privateigentum
- Es gibt außer Dienst keine Vorgesetzten mehr

Ich weiß nicht. Was ist mit der Abdankung des Kaisers und der Republik und dem Wahlrecht und dem Frieden?
Noske: Das kommt alles später.

Thomas tritt ein.

Noske *(zu Thomas)*: Gleich.

Dirk: Die Hälfte davon haben wir schon und die andere stellt die alte Ordnung wieder her. Straffreie Rückkehr der Mannschaften – das bedeutet doch, sie müssen zurück. Und Schutz von Privateigentum und kein Blutvergießen.
Noske: Ich sehe, du hast kapiert. Lauf zur Druckerei und lass es vervielfältigen und stopp den Druck des alten Flugblattes. *(zu Thomas)* Jetzt.
Thomas: Das hast du glänzend gemacht.
Noske: Danke. Ich hab nur getan, was du mir geraten hast. Immerhin hat er dich geschlagen. Und deshalb wollte ich auch mit dir sprechen.
Thomas: Ja?
Noske: Alle wissen, wie nah wir uns stehen.
Thomas *(erfreut)*: Ja!
Noske: Und das ist nicht gut. Die Matrosen werden nicht wollen, dass zwei alte Männer sie führen. Sie werden einen Platz für die Jugend haben wollen.
Thomas: Sie haben Fritz.
Noske: Fritz ist entmachtet. Dass er mein Stellvertreter ist, hat sein Schicksal besiegelt. Er hätte ablehnen müssen. Jetzt

kann er nicht gegen mich arbeiten, er ist an mich gebunden. Das war sein größter Fehler bisher.
Thomas: … unglaublich …
Noske: Aber dieser Karl. Ich schlage vor, dass er den Arbeiterrat führt. Da kann er keinen großen Schaden anrichten, aber nach außen wird es sich gut machen.
Thomas: Und ich?
Noske: Du wirst … (überlegt) … vielleicht Gouverneur?
Thomas *(erfreut)*: Das wäre wunderbar.
Noske: So machen wir es. Lass Karl wählen, ich kümmere mich um den Rest. Und jetzt hol mir diesen Bartels.

Thomas will gehen. Noske ruft ihn noch mal zurück.

Noske: Halt, warte.
Thomas: Ja?

Noske gibt Thomas das Bajonett.

Noske: Hier. Ich glaub, das solltest du nehmen. Fritz hatte es …verloren. Aber bei dir ist es sicher, denke ich.
Thomas *(schaut das Bajonett an)*: Fritz?
Noske: Nimm es wegen Luise, ja? Und frag mich nicht weiter. Und jetzt Bartels.

Thomas mit Bajonett ab. Noske schreibt wieder. Plötzlich klingelt das Telefon.

Noske: Ah! *(Nimmt ab)* Noske. Ja. Jawoll. Alles in Ordnung. Ja, im Griff, soweit man das sagen kann. Kannst du dafür sorgen, dass die Bahnverbindung wieder funktioniert. Der Haussmann geht mir auf die Nerven. Ja. Sind zurück auf ihren Schiffen. Und – es gibt da so Gerüchte, die Dragoner aus Altona kommen. Lass sie nicht dementieren. Sie helfen mir. Aber falls jemand kommt, pfeiff sie zurück.

Jemand klopft.

Noske: Moment.
(ins Telefon): Ist gut. Und der Kaiser muss abdanken. Ohne das ist kein Staat mehr zu machen.
Noske legt auf. Zur Tür.
Ja?

Zwei Matrosen stoßen eine arg lädierte Gestalt herein, verkrüppelter Arm, Schiebermütze.

Matrose 1: Genosse Noske. Das isser.
Noske: Das ist wer?
Matrose 2: Prinz Heinrich. Des Kaisers Bruder. Wollte sich davon machen. Nach Eckernförde. Haben ihn grad noch abgefangen. Hinter Levensau.
Prinz Heinrich: Noske? Sie sind Noske?
Noske: Ja und, was soll ich mit ihm?
Matrose 1: Weiß nicht. Hinrichten?
Matrose 2: Er ist Kommandeur der Ostseeflotte. Vielleicht ein Lösegeld.
Noske: Ich weiß, wer er ist. Ihr seid deutsche Soldaten, keine gemeinen Erpresser. Eure Hoheit, bitte verzeihen Sie die Unannehmlichkeiten.
Prinz Heinrich: Ich kannte mal jemanden, der hieß wie Sie.
Noske: Darf ich fragen, wo Sie hingebracht werden wollen?
Prinz Heinrich: Spanien oder Holland? Ich habe ein Automobil.
Noske: Nun, das ist keine schlechte Idee. Aber das müssen Eure Hoheit schon selbst arrangieren. Wir bringen Sie ins Schloss.
(zu den Soldaten): Ihr seid für seine Sicherheit verantwortlich.
Matrosen: … aber …

Noske: Kein Aber. Ab! Und wehe, er fällt Euch unterwegs in die Förde!
Prinz Heinrich: ... ein Bluthund.

Soldaten und Prinz Heinrich ab.

Beim Rausgehen stoßen die Soldaten auf Bartels. Seine Uniform ist gerupft. Die Epauletten fehlen.

Bartels: ... war das?
Noske: Der Bruder des Kaisers.
Bartels: Mein Gott. Was haben Sie mit ihm vor?
Noske: Das gleiche wie mit Ihnen.
Bartels: Ich habe keine Angst vor dem Tod.
Noske: Pappalapapp. Hier.

Noske wirft Bartels die Epauletten zu.

Noske: Ich habe eben Befehl erlassen, dass jegliches Blutvergießen einzustellen ist. Wenn ich Sie bitte, alle Gewehre einzusammeln und alle Munition zu sichern, werden Sie mir dann helfen?
Bartels: Das wäre mir eine Ehre.
Noske: Ohne Blutvergießen – auch das Einsammeln.
Bartels *(steckt sich die Epauletten an, salutiert)*: Zu Befehl.
Noske: Lassen Sie den Quatsch. Ich habe auch den Befehl erlassen, dass nur noch im Dienst die Dienstvorschriften gelten.

23.

Luise bringt Haussmann zum Bahnhof.

Haussmann: Komisch, wie ruhig plötzlich die Stadt ist. Wie ein Meer nach dem Sturm.
Luise: Die Oberfläche wie ein Spiegel. Als ob auch Luft und Wasser streiken würden.
Haussmann: Streik heißt auf Englisch strike. Das gleiche Wort wie Schlag. Ein Streik ist ein Schlag ins Wasser.
Luise *(für sich)*: Oder ins Gesicht.
Haussmann: … auch ein Spiegel.
Luise: Ich weiß …

Souchon und Fritz gehen vorbei. Luise und Fritz sehen sich, Fritz will etwas sagen, aber er findet die Worte nicht. Luise wendet ihm den Rücken zu.

Fritz *(zu Souchon)*: Einen Augenblick.

Fritz geht zu Luise.

Fritz: Es tut mir so leid. Ich würde alles dafür geben, wenn ich den Tag gestern ungeschehen machen könnte.
Luise *(kalt)*: Was machst Du mit Souchon? Hinrichten oder nur ins Gesicht schlagen?
Fritz: Ich bring ihn zu Noske. Sein Befehl.
Luise: Warum Du?
Fritz: Weil er es so will.
Luise: Er weiß, was er will.
Haussmann: Gouverneur! Ich als Repräsentant der neuen Regierung unter Max von Baden …
Souchon: Hören Sie – halten Sie Noske den Rücken frei. Sorgen Sie dafür, dass Berlin nichts tut, was Noske nicht weiß.
Haussmann: Sehr richtig.

Luise: Ihr Zug fährt.
Haussmann: Macht's gut und passt auf Euch auf.

Haussmann rennt zum Zug.

Souchon: Und der ist die neue Regierung …

Fritz und Luise schauen überrascht auf Souchon.
Fritz: Ich schäme mich.
Souchon *(zu Luise)*: Wollen Sie uns nicht zu Noske begleiten?
Luise: Nein, das macht er schon. Er ist sein Stellvertreter.

Luise geht ab, die beiden Männern schauen ihr nach.

Souchon: Frisches Mädchen. Ihre Verlobte?
Fritz: Nein.

24.

Noskes Arbeitszimmer. Ein Matrose tritt ein. Noske schaut müde auf.

Noske: Was ist?
Robert Schröder: Matrose Schröder. Vom U68. Wir haben das Kommando übernommen und haben eben im Hafen Kiel festgemacht. Wir haben unsere Offiziere entwaffnet und unter Verschluss. Wir unterstellen uns Ihrem Kommando.
Noske: Und was soll ich mit einem U-Boot?
Robert Schröder: Bitte?
Noske: Hören Sie zu. Was Sie getan haben, ist strafbar.

Souchon tritt ein. Fritz im Hintergrund. Noske geht auf ihn zu und gibt ihm die Hand.

Souchon: Danke!
Noske: War mir eine Ehre. Die Lage ist soweit beruhigt. Alles geht wieder seinen Gang. Ich habe einen Erlass vorbereitet, dass jede Entscheidung der Stadtverwaltung vom Arbeiterrat und jede Entscheidung des Gouvernements vom Soldatenrat gegengezeichnet werden muss. Sie hätten es in beiden Fällen mit mir zu tun.
Souchon: Das erscheint mir vernünftig.
Noske: Nicht ganz. Vernünftig wäre es, ich würde Gouverneur von Kiel werden, wenn ich so offen sprechen darf.

Souchon bleibt die Spucke weg. Er schluckt.

Noske: Ich garantiere Ihnen, dass ich in Ihrem Sinn handeln werde. Oder jedenfalls nicht gegen Ihren Sinn. Sehen Sie, die Leute wollen Führung. Bürgermeister, Gouverneur, Geschwaderchef, Stadtkommandant – und jetzt noch die Räte, da blickt doch keiner mehr durch.
Souchon: Was ist, wenn ich ablehne.
Noske: Fritz?

Fritz tritt an Souchon heran und legt ihm eine Hand auf die Schulter.

Souchon: Ich stimme zu. Kann ich die Stadt verlassen?
Noske: Jederzeit. Die Züge fahren wieder. Aber sagen Sie Hindenburg und Ludendorff, nochmals wird die Sache nicht gut ausgehen.

Souchon unterzeichnet eine Erklärung, die Noske ihm hingehalten hat.

Noske *(zu Fritz)*: Ich hatte Thomas versprochen, dass er Gouverneur wird. Er wird nicht erfreut sein. Du wirst ihm sagen, dass Souchon mich gebeten hat, förmlich angebettelt.
Fritz: Thomas könnte doch den Soldatenrat führen.
Noske *(legt Fritz einen Arm um seine Schulter)*: Erstens ist der Sinn der Sache doch, dass ich beides mache. Und zweitens bist du mein Stellvertreter. Und ich weiß doch genau, dass du und der Alte euch nicht ausstehen könnt. Wegen Luise, nicht wahr?

Fritz beißt die Zähne aufeinander.

Noske: Ich mag sie. Jemand hat sie geschlagen. Sie will mir nicht sagen, wer das war.
Fritz: Ich war es.
Noske *(ist nicht überrascht)*: Darf ich fragen, warum?
Fritz: Du glaubst, Du darfst hier alles, was?!

Fritz rennt weg.

Robert Schröder: Und was machen wir?

25.

Luise auf einer Bank vor dem Gewerkschaftshaus.
Noske sitzt neben ihr.

Noske: Vergiss ihn.
Luise: So schnell geht das nicht. Das Vergessen braucht mindestens so lang wie die Erinnerung. Und wir sind seit letztem Mai zusammen. Da haben wir uns kennen gelernt. In Molfsee. Beim Maibaumfest.
Noske: Er hat Dich geschlagen. Er hat es mir gesagt.

Luise: Hat er das?
Noske: In Berlin gibt es Lokale, die nur dazu da sind, um zu tanzen. Die haben das ganze Jahr über auf. Warst Du schon mal in Berlin?
Luise: Vater hat einen Cousin im Wedding. Da waren wir letztes Jahr. Es hat nach Pferdeblut gerochen. Das ganze Viertel.
Noske: Das ist, weil sie dort Wurst machen. Die Kühe gehen alle an die Front.
Luise: Der elende Krieg. Er macht alles kaputt.
Noske: Und wenn er vorbei wäre, was würdest Du dann machen?
Luise: Ich weiß es nicht. Seit gestern weiß ich es nicht.
Noske: Weshalb hat dich Fritz geschlagen?
Luise: Ich hab von Dir gesprochen.
Noske: Dann bin ich schuld.
Luise: Ja. Und er selbst. Und ich. – Soll ich ihm verzeihen?
Noske: Fritz? Er hat Dich ins Gesicht geschlagen!
Luise: Aber wir sind alle schuld.
Noske: Ja, das sagt sich so leicht. Alle sind schuld. Dann ist aber keiner mehr verantwortlich. Aber das ist zu billig. Dich schlagen oder Heine abstechen – da ist es zu wenig, dass alles irgendwie die Schuld des Krieges ist.
Luise: Aber Fritz hat doch für die Revolution gekämpft. Das war sein Leben. Ich verstehe gar nicht, wieso er jetzt so im Dreck steckt und einer wie Du alles richtig gemacht hat.
Noske: Einer wie ich?
Luise: 'Tschuldigung.
Noske: Ich kann dir sagen, wieso Fritz so im Dreck steckt. Weil er leidenschaftlich ist, weil er sich nicht im Griff hat, weil er nicht weiß, was Pflicht bedeutet.
Luise: Aber er tanzt gut. Deshalb tanz er gut. Deshalb habe ich ihn geliebt.
Noske: Was ist mit Berlin? Ich werd nicht ewig hier bleiben.
Luise: Ich geh nach Hause.

26.

Hinrichsens Wohnung. Thomas hängt das Bajonett an seinen Platz neben der Uniform.

Thomas: So.
Luise: Zufrieden?
Thomas: Die Macht ist in den Händen der Räte. Von Kiel aus wird sich Deutschland verändern. Die Arbeiterklasse hat gesiegt. Das Kaiserreich ist Vergangenheit.
Luise: Du bist nicht Gouverneur geworden, sondern er ist es.
Thomas: Er kann es besser als ich.
Luise: Und Fritz ist sein Stellvertreter.
Thomas: Fritz!
Luise *(plötzlich heftig)*: War es das, was wir gewollt haben und wovon wir geträumt haben in den Sitzungen nachts um zwei, zu denen wir uns an den Polizeiposten vorbeigeschlichen haben und über die ich nicht reden durfte? Sind denn dafür die Leute gestorben?
Thomas: Du hast es doch auch so gewollt.
Luise: Aber nicht so! Ich hab es anders gewollt! Wir machen es genau wie die anderen. Noske macht es genau wie die anderen. Und Fritz und ich sind noch nicht mal tanzen gegangen!
Thomas: Willst Du mit mir tanzen? Komm …

Thomas streckt die Hände aus, wie Luise es ihm gezeigt hat. Luise geht zu ihm hin, bleibt vor ihm stehen. Schüttelt den Kopf.

Thomas: Foxtrott … vor, vor, Wechselschritt … rück, rück.

Luise läuft weg. Die Tür schlägt zu. Das Bajonett wackelt, bleibt aber hängen.

27.

Fritz sitzt unter einem zerzausten Maibaum vor einer Kneipe. Aus der Kneipe weht Musik herüber. Er hat eine Pistole in der Hand, die er nachdenklich dreht. Dann lädt er sie. Er dreht sie ihn den Händen. Luise tritt vor ihn.

Luise: Willst Du noch einmal mit mir tanzen, bevor Du Dich erschießt?

Vorhang

Nachbemerkung

Das Stück basiert auf den historischen Ereignissen im November 1918 in Kiel. Sie wurden lediglich gerafft und in seltenen Fällen in einen anderen Ablauf gebracht.
Die Figuren sind eng an damals handelnde Personen angelehnt. Als Charaktere jedoch sind sie unsere Interpretation. Deshalb haben wir die Namen der Revolutionäre verändert. Die Namen der Funktionsträger des Kaiserreiches sind unverändert. Sie müssen mit dem historischen Unrecht, das wir ihnen eventuell zufügen, leben. Ihres ist sicher vielfach größer.

Abb. 29 (Seite 142/143) Literarische Deutung: Ernst-Toller-Zitat am Revolutionsdenkmal von Hans-Jürgen Breuste.

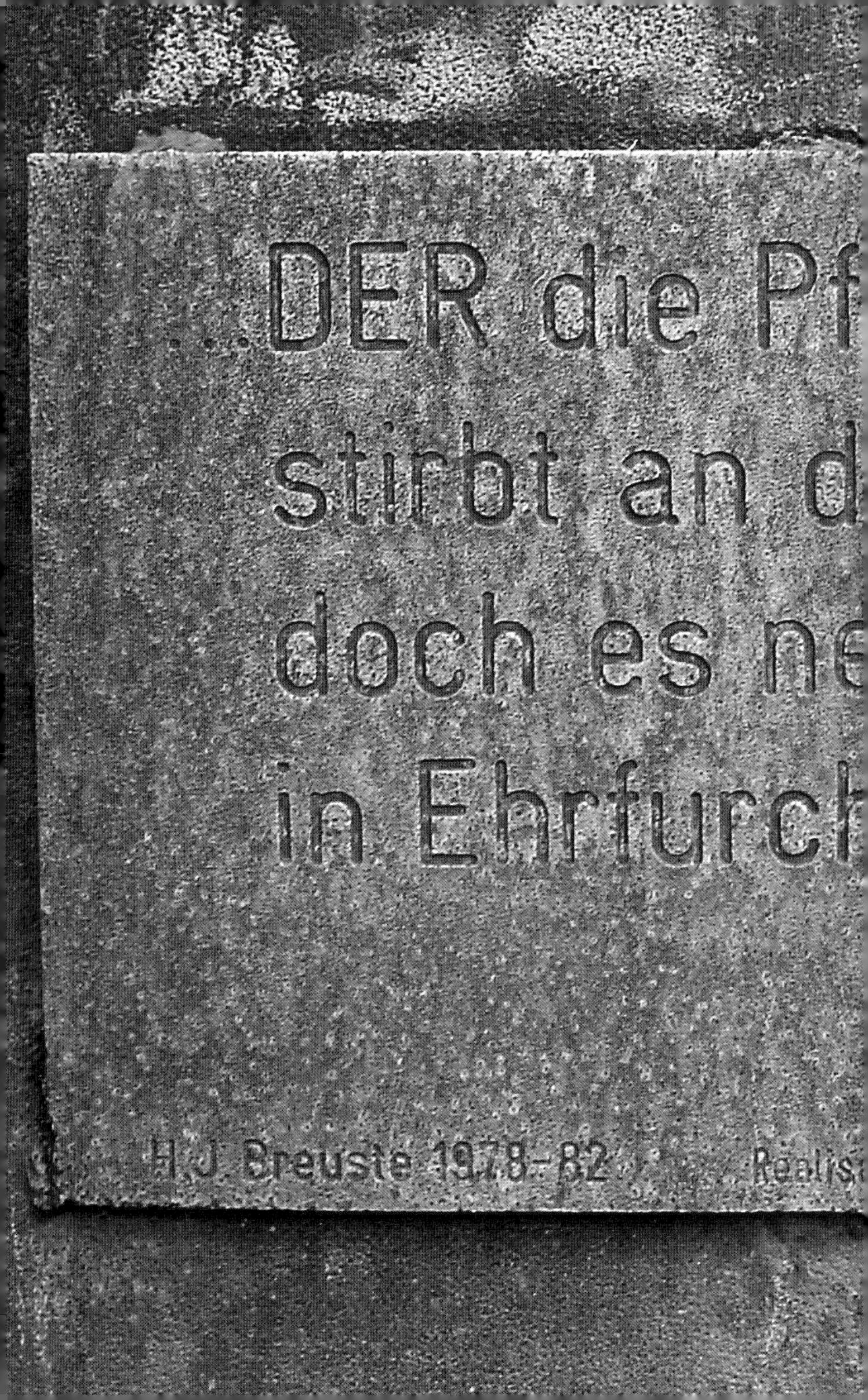
...DER die Pf
stirbt an d
doch es ne
in Ehrfurch
H.J Breuste 1978-82
Realis

le bereitet.
Schwelle.
t sich vor ihm
der Tod...
Ernst Toller
(zu: Feuer aus den Kesseln)
rnst Hagn, Stahlbau, Hannover-Langenhagen

Marcus Grube

Ohne die Fiktion stirbt das Erinnern

Ein Plädoyer für die Dramatisierung eines historischen Stoffes

Auf der Suche nach neuen Stücken und Stoffen für den Spielplan eines Stadttheaters bleibt die Auseinandersetzung mit der Stadtgeschichte naturgemäß nicht aus. Wenn ein geschichtliches Ereignis nicht nur von lokaler, sondern sogar nationaler Bedeutung war, steigt damit das Interesse an einer dramatischen Aufarbeitung. Der Kieler Matrosenaufstand von 1918 war daher in zahlreichen Spielplanüberlegungen und Sitzungen der Schauspieldramaturgie der letzten Jahre immer wieder Gegenstand der Diskussion. Doch das einzig bekannte Theaterstück, das sich bisher mit dem Thema auseinandergesetzt hat, Ernst Tollers „Feuer aus den Kesseln", ist inzwischen gut 80 Jahre alt und in seiner Sicht der Geschichte und den künstlerischen Mitteln stark geprägt von seiner Entstehungszeit und der politischen Einstellung des Autors[1]; Tollers Interpretation steht somit unter Ideologieverdacht und scheint wenig geeignet für eine zeitgemäße Auseinandersetzung mit dem Gegenstand.

Umso glücklicher war der Zufall, dass das Autorenduo Robert Habeck und Andrea Paluch sich bereit erklärte, ein Theaterstück zu dem Thema zu schreiben. So bot sich dem Theater Kiel die Möglichkeit, der Stadt die Ereignisse zum 90sten Jahrestag mit einer Uraufführung ins Gedächtnis zu rufen.

In wenigen Wochen entstand im Sommer 2007 „Neunzehnachtzehn", das nun im Dezember 2008 vom Theater Kiel auf die Bühne gebracht wird.

Bei der Suche nach wissenschaftlichen Aufarbeitungen oder literarischen Reflexen des Matrosenaufstands wird schnell deutlich, dass bei allem steigenden Interesse der Öffentlichkeit an geschichtlichen Themen in Bezug auf den Ersten Weltkrieg eine Erinnerungslücke klafft. Obwohl unsere Informationsmöglichkeiten und die Informationsmenge durch eine immer weitläufigere Vernetzung jeden Tag zunehmen, rücken die Geschehnisse zu Beginn des 20. Jahrhunderts bis zu den Anfängen der Weimarer Republik durch die verstärkte Auseinandersetzung mit dem Nationalsozialismus und dem Zweiten Weltkrieg immer noch in den Hintergrund. Nicht zuletzt durch das Fehlen von Zeitzeugen mangelt es auf breiter Basis an Bewusstsein für die Ereignisse des Jahres 1918. Der Matrosenaufstand, der Frieden von Brest-Litowsk, der Übergang vom Deutschen Kaiserreich in die Weimarer Republik rücken – obgleich nur wenige Generationen entfernt – in seltsame Ferne und bleiben uns fremd.

Auffällig bei der Diskussion geschichtlicher Themen und ihrer Aufarbeitung in Printmedien und Fernsehen ist eine neue Erzählweise, die in den letzten Jahren immer bedeutender wurde: der Augenzeugenbericht. Unter dem Namen „Oral History" hat sich dieser Zweig der Geschichtswissenschaft als massen- und medienwirksam und damit als breitentauglich erwiesen.

Durch die Fokussierung auf das Einzelschicksal und den Sprechakt, durch die persönliche Erzählung, bekommen die Ereignisse eine besondere Note, dem Skelett der bloßen Zahlen und Fakten wird ein ganz persönliches „Weichbild" zugeschrieben. Diesen Vorgang kann sich der Dramatiker zu Nutzen machen.

Der Historiker ist in seiner Schilderung der Ereignisse der Objektivität – oder besser: der Intersubjektivität – und einem hohen Maß an Abstraktion verpflichtet und sollte jede persönliche Bewertung oder den Kommentar deutlich kennzeichnen. Der persönliche Bericht entbindet von dieser Pflicht,

steht aber gleichzeitig unter dem Verdacht, tendenziös oder parteilich zu sein.
Auch für den Schriftsteller (in diesem Fall den Dramatiker) ist die historisch-kritische Sicht seines Gegenstandes nur insofern interessant, als er das historische Ereignis und die überprüften Fakten zum Ausgangspunkt, zur Quelle oder zum geschichtlichen Rahmen seiner Arbeit macht.
Doch die Dramatisierung der historischen Ereignisse kann einerseits den Sprechakt, die Lebendigkeit und Direktheit, die den Zeitzeugenbericht so interessant machen, nutzen, andererseits ist der Dramatiker in der Lage, verschiedene Haltungen aufeinanderprallen zu lassen und sie in gegenseitigen kritischen Diskurs zu stellen, indem er seine Figuren miteinander sprechen und sie sich begegnen lässt.
Dann relativiert sich die Einzelstimme im Kanon der anderen Stimmen; aus dem Monolog und der Monophonie werden der Dialog und die Polyphonie der Figuren – letztlich eine vielschichtige Erzählung, deren Bewertung den Zuschauern obliegt.
Theaterarbeit ist immer Erinnerungsarbeit. Das Theater arbeitet an und mit Erinnerungen, borgt sie sich aus und erweckt sie zum Leben auf der Bühne. Das geschriebene Wort wird zum gesprochenen Wort, wird zur lebendigen Haltung und wird eingebettet in eine Situation; die emotionale Ebene der Geschichte wird beschritten.
Der Dialog ist das Hauptstilmittel des Dramatikers. Er schafft Beredsamkeit, wo keine war. Das Drama kann auch denen eine Stimme geben, die keine hatten oder nicht über die Fähigkeit verfügten, sie in entsprechender Situation zu Gehör zu bringen oder gar zu artikulieren. Es kann sogar der Schweigsamkeit eine Stimme geben. Alles kann gesagt werden – oder besser: Nichts muss ungesagt bleiben.
Auf der anderen Seite ist der Dramatiker Herr über die Zeit, indem er durch die Länge eines Dialogs und einer Szene bestimmten Aspekten besondere Gewichtungen gibt.

Da Geschichte auch eine Geschichte der verpassten Gelegenheiten ist, wie Heiner Müller schrieb, gibt es im Drama die Möglichkeit, eben diese verpassten Gelegenheiten klarer zu benennen, ihnen Raum zu geben, damit sie wahrgenommen werden.
Aber erst durch den dramatischen Konflikt gewinnt das Drama an Spannung. Dazu ist es bisweilen notwendig, Konflikte zu verschärfen, Haltungen zu radikalisieren, Szenen zu überzeichnen. Die scheinbare Oberflächlichkeit gewinnt dadurch an Tiefe. Gesagtes gewinnt an Sinn. Rede wird zur Idealrede, denn Kunst kompensiert und kondensiert.
Bei allem bleibt aber im Mittelpunkt des Bühnengeschehens der Mensch.
Die Ereignisse in Kiel im Jahre 1918 auf der Bühne darzustellen, ist ein von vornherein zum Scheitern verurteiltes Unterfangen. Die äußere Dynamik des Kriegsgeschehens und der Meuterei und des bewaffneten Aufstands kann nur zeichenhaft abgebildet werden, indem die äußeren Vorgänge ihr Abbild und ihren Reflex in den Figuren und in einer Dynamik der Szene finden. Die Erzählung des Erlebten, die Mauerschau, bringt dieses äußere Geschehen auf die Bühne.
Damit kehren wir zurück zum Ausgangspunkt: In der Dramatisierung wird Geschichte der einst gefürchteten Abfragementalität und der damit verbundenen (berechtigten) Langeweile entrückt, sie wird lebendig in der Erzählung der einzelnen Geschichten: Historische Fakten gewinnen im Spiegel des Einzelschicksals neue Kontur. In Brechts „Mutter Courage" ist uns das Bild des Dreißigjährigen Krieges präsent, in Lessings „Emilia Galotti" die strenge Ständeordnung des 18. Jahrhunderts in Deutschland – und schließlich in Schillers „Maria Stuart" die Problematik der Thronfolgefrage im England des 16. Jahrhunderts.
Dem Dramatiker ging und geht es dabei nicht um eine – wie auch immer geartete – historische Wahrheit. Der Reiz liegt im dramatischen Konflikt vieler Wahrheiten. Wir begeben uns

aus der wissenschaftlichen Beobachterperspektive hinein in das Geschehen. Und indem die Figuren auf der Bühne zum Leben erweckt werden, schlagen wir eine Brücke ins Heute. In der Fremdheit erkennen wir uns selbst. Im anderen definieren wir uns selbst neu.

Gängige Denk-, Lebens- und Verhaltensmuster werden in Frage gestellt, indem sie mit fremden Mustern bewusst gemacht oder ihnen gegenüber gestellt werden.

Die so vorgestellten Situationen oder Haltungen bedürfen nicht der Authentifizierung durch den Zuschauer; sie sollen vielmehr eine Aufforderung zur Diskussion sein und jeder Form der Affirmation bestehender Verhältnisse entgegenwirken.

Damit ragt die Vergangenheit in die Gegenwart hinein.

Heiner Müller beschrieb diesen Vorgang folgendermaßen: „Jedes Drama [ist] ein Gegenwarts- und damit ein Geschichtsdrama. Die Leute sitzen im Theater, erleben in diesem Augenblick, in dieser Zeit ein Stück und beziehen es auf die geschichtliche, gegenwärtige Situation. (...) Man kann über Geschichte nur noch schreiben, wenn man seine eigene historische Situation mitschreibt.“[2]

Doch welche Bezüge zu heute kann man herstellen? Wo ist die eigene Historie beschrieben? Wo sind die Parallelen zur aktuellen politischen Situation?

Die Zeiten, in denen das Theater auf diese Fragen klar vernehmbare und damit meist eindimensionale Antworten gab, sind vorbei. Die Formulierung einer eingleisigen Moral oder eines unmissverständlichen moralischen Räsonnements ist keine angemessene Antwort mehr auf komplexe Strukturen und Vorgänge.

Modernes politisches Theater sollte dem Zuschauer nicht vorschreiben, was er denken soll (und es wird dadurch sicherlich nicht weniger politisch). Vielmehr sollte ein solches Stück Katalysator für einen Denk- und Diskussionsprozess sein. Nicht mehr und nicht weniger. Doch diesen Schritt müssen die Zuschauer selber gehen. Das Stück liefert mit Hilfe der Fiktion lebendig erzählte Erinnerungen – und die Erinnerung ist ein wichtiges Element in der Identitätsstiftung und Wertebildung einer Kultur. Ohne die Fiktion stirbt das Erinnern.

Anmerkungen:
[1] Das 1930 in Berlin uraufgeführte „Feuer aus den Kesseln" weist zu deutlich expressionistische Züge auf. Toller selbst war Mitglied der USPD und 1919 Mitglied der Regierung der Münchner Räterepublik
[2] Heiner Müller, Gesammelte Irrtümer. Interviews und Gespräche. Band 1, Frankfurt 1986

Über die Autoren

Robert Habeck, Jahrgang 1969, studierte an den Universitäten Freiburg, Roskilde/Dänemark und Hamburg. Schriftsteller, heiratete 1996 die Schriftstellerin Andrea Paluch und lebt mit ihr und vier Kindern in Großenwiehe. Er hat in Hamburg promoviert, als Übersetzer vor allem englischer Gedichte gearbeitet und für den Rundfunk Features und Kindergeschichten geschrieben. Habeck und Paluch arbeiten zusammen und veröffentlichen gemeinsam, u.a. die Romane „Hauke Haiens Tod" (2001), „Der Schrei der Hyänen" (2004), „Der Tag, an dem ich meinen toten Mann traf" (2005) und „Zwei Wege in den Sommer" (2006).

Marcus Grube, Jahrgang 1973, studierte in Hamburg, München und Erlangen. Anschließend Studium an der Hochschule für Musik und Darstellende Kunst, Studiengang Schauspiel. Arbeitete an den Theatern Stuttgart und Bochum. Seit der Spielzeit 2006/2007 Chefdramaturg für das Schauspiel am Theater Kiel.

Andrea Paluch, Jahrgang 1970, studierte in Hannover, Freiburg, Roskilde/Dänemark und Hamburg und promovierte 2000 mit einer Arbeit zur zeitgenössischen britischen Lyrik. Schriftstellerin in Lebens- und Arbeitsgemeinschaft mit Robert Habeck.

Frank Trende, Jahrgang 1963, studierte in Hildesheim und arbeitet bei der schleswig-holsteinischen Landesregierung. Autor zahlreicher Beiträge und Bücher zur Landes- und Kulturgeschichte Schleswig-Holsteins im 19. und 20. Jahrhundert, u.a. „Die Schlacht bei Hemmingstedt – Ein deutscher Mythos zwischen Politik, Poesie und Propaganda" (2000), „Historische Orte erzählen Schleswig-Holsteins Geschichte" (2004) und „Schleswig-Holstein in den 50er Jahren" (2006).

Bildnachweis:
Deutsches Historisches Museum Berlin, Bildarchiv: Abb. 12, Zeitschrift Dithmarschen 4/ 2000: Abb. 17; Stadtarchiv und Stadtmuseum der Landeshauptstadt Kiel: Vorsatz vorn, Abb. 1, 3, 4, 5, 7, 8, 9, 10, 11, 13, 15, 20, 21, 22, 24, 28, Vorsatz hinten; Frank Trende/ Sammlung Frank Trende: 2, 6, 14, 16, 18, 19, 23, 25, 26, 27, 29.